胡小石先生

胡小石

中国文学史讲稿

著

天津出版传媒集团
天津人民出版社

图书在版编目（CIP）数据

中国文学史讲稿 / 胡小石著. -- 天津：天津人民出版社，2022.8
ISBN 978-7-201-18576-7

Ⅰ. ①中… Ⅱ. ①胡… Ⅲ. ①中国文学 – 文学史 Ⅳ. ①I209

中国版本图书馆 CIP 数据核字 (2022) 第 108350 号

中国文学史讲稿
ZHONGGUO WENXUESHI JIANGGAO

出　　版	天津人民出版社
出 版 人	刘　庆
地　　址	天津市和平区西康路 35 号康岳大厦
邮政编码	300051
邮购电话	（022）23332469
电子信箱	reader@tjrmcbs.com
责任编辑	李　荣
装帧设计	卿　松［八月之光］
印　　刷	北京金特印刷有限责任公司
经　　销	新华书店
开　　本	880 毫米 × 1230 毫米　1/32
印　　张	8.75
字　　数	162 千字
版次印次	2022 年 8 月第 1 版　2022 年 8 月第 1 次印刷
定　　价	56.00 元

版权所有　　侵权必究
图书如出现印装质量问题，请致电联系调换（022-23332469）

目录

第一章　通论　001

第二章　上古文学　021

第三章　周代文学　037

第四章　秦代文学　057

第五章　汉代文学　063

第六章　魏晋文学　091

第七章　南朝文学　109

第八章　北朝文学　133

第九章　隋代文学　143

第十章　唐代文学　147

第十一章　五代文学　213

第十二章　宋代文学　223

后记　265

附录

南京大学教授胡先生墓志 / 曾昭燏　269

第一章 通论

引　言

　　中国虽说是一个富有文学宝藏的古国，文学作品的数量颇不在少数，而且各体皆称完备。每代都有新文体产生，但是将历代文学的源流变迁，明白地公正地叙述出来，而能具有文学史价值一类的书，中国人自己所出的，反在日本人及西洋人之后。这是多么令人惭愧的事。不过从前虽无整个的文学史出现，许许多多的文人倒有不少谈到关于文学流变的种种问题，散见于零篇碎简之内。而且其中颇有合乎近代论文的旨趣，及应用演进的理论，以说明过去历代文学的趋势的人。我们在这里要举一位清代大儒焦里堂的论文名著为代表。这篇也可以说这是中国人最先所著的一部具体而微的文学史。焦君的话，引在下面（见《易余籥录》十五）：

商之诗，仅存颂。周则备风、雅、颂，载诸三百篇者尚矣。而楚骚之体，则三百篇所无也。此屈、宋为周末大家。其韦玄成父子以后之四言，则三百篇之余气游魂。汉之赋为周秦所无，故司马相如、扬雄、班固、张衡，为四百年作者，而东方朔、刘向、王逸之骚，仍未脱周楚之窠臼。其魏、晋以后之赋，则汉赋之余气游魂也。楚骚发源于三百篇。汉赋发源于周末。五言诗发源于汉之十九首，及苏、李，而建安，而后历晋、宋、齐、梁、陈、周、隋，于此为盛。一变于晋之潘、陆，宋之颜、谢。易朴为雕，化奇为偶。然晋、宋以前，未知有声韵也。沈约卓然创始，指出四声。自时厥后，变蹈厉为和柔。宜城（谢朓）、水部（何逊）冠冕齐、梁，又开潘、陆、颜、谢所未有矣。齐、梁者，枢纽于古、律之间者也。至唐遂专以律传。杜甫、刘长卿、孟浩然、王维、李白、崔颢、白居易、李商隐等之五律七律，六朝以前所未有也。若陈子昂、张九龄、韦应物之五言古诗，不出汉魏人之范围。故论唐人诗，以七律五律为先，七古七绝次之。诗之境至是尽矣。晚唐渐有词，兴于五代，而盛于宋。为唐以前所无。故论宋宜取其词，前则秦（观）、柳（永）、苏（轼）、晁（补之），后则周（密）、吴（文英）、姜（夔）、蒋（捷），足与魏之曹、刘，唐之李、杜，相辉映焉。其诗人之有西昆、西江诗派，不过唐人之余绪，不足评其乖合矣。

词之体，尽于南宋。金元乃变为曲，关汉卿、乔梦符、马东篱、张小山为一代巨手；乃谈者不取其曲，仍论其诗，失之矣。有明二百七十年，镂心刻骨于八股，如胡思泉、归熙父、金正希、章大力数十家，洵可继楚骚、汉赋、唐诗、宋词、元曲，以立一门户。而李（梦阳）、何（大复）、王（世贞）、李（攀龙）之流，乃沾沾于诗，自命复古，殊可不必者矣。夫一代有一代之所胜，舍其所胜，以就其所不胜，皆寄人篱下者耳。余尝欲自楚骚以下，至明八股，撰为一集，汉则专取其赋，魏、晋、六朝至隋则专录其五言诗，唐则专录其律诗，宋专录其词，元专录其曲，明专录其八股，一代还其一代之所胜，然而未暇也。偶与人论诗，而纪于此。

从上面所引的焦君的文章，可得到下列种种观念：

（一）阐明文学与时代之关系。他最能认清在什么时代就产生什么文学。"一代有一代之所胜"，"汉则专取其赋，魏、晋、六朝至隋则专录其五言诗，唐则专录其律诗，宋专录其词，元专录其曲，明专录其八股，一代还其一代之所胜"。

（二）认清纯粹文学之范围。中国人自来哲学与文学相混，文学又与史学不分，以致现在一般编文学史的，几乎与中国学术史不分界限。头绪纷繁，了无足取。焦君此篇所举的历朝代表文学作品，如楚骚、汉赋、唐诗、宋词、元曲等，均属于纯文学方面。文学的面貌既被他认清楚了，讲起来，才不至于夹杂不清。

（三）建立文学的信史时代。文学为感情之表征。有人类即有感情，有感情即有文学。"虽虞夏以前，遗文不睹，禀气怀灵，理无或异。"但我们要讲的是文学的信史。须以文学之著于竹帛，而且能够确实证明是真的作品以为断。因此，我国文学的信史时代，不得不因之而缩短。焦君所讲断自商代，因为他相信经古文家之说，以《商颂》为商代作品。他并不远取《击壤》《南风》《卿云》等歌谣，甚至于葛天、伏羲时的选著，这是他的一种专崇信史的谨严态度。很可供后来讲文学史者所取法。

（四）注重文体之盛衰流变。每种文体，都是最初时候很兴盛，以后渐渐衰败，终于另外出一种新文体来代替旧的。但新文体既产生之后，仍然有一班人保存着旧的文体。这种人"舍其所胜，以救其所不胜，皆寄人篱下者耳"。这种论调，是从前一般过于贵古贱今的文人所不敢出口的。

至于这篇中偶有误点，如相信《商颂》的时代，及苏、李诗，且把韦玄成祖孙误为父子等。但大体的主张，是很值得我们注意的。

文学的意义之各种解释

先从"文"的字义来说,《说文》载有二字:

(一)"文,错画也,象交文。"按此即现今流行的图案画之类。

(二)"彣,䍰也。从彡从文。"此字每与彰字同用。

"彰,文章也。从彡从章,章亦声。"

第二个彣字,与第一个不同之点,是多一个彡字。《说文》:"彡,饰画毛文也。"凡与毛饰有关的字,如"须""顡""頾"等字,均从彡。而且从彡之字,多含有美意。如"修"字,从彡,引申为修美。文学也自然与美有关。不过美是一种超实用之物,正如吾人面上的须眉之类,有之,却无大用,然缺之,便觉丑陋不堪。

且古来对于文字含义最泛,略分以下各种解释:

(一)文字叫作文。

《左传》:"有文在其手曰友。"《说文序》:"依类象形谓之文。"

(二)口语叫作文。

《左传》:"言之不文,行之不远。"

（三）文物叫作文。

《易经·贲卦》："刚柔交错为天文，文明以止为人文。"

（四）华美叫作文。

《论语》："周监于二代，郁郁乎文哉。"这里是文与质并举的。

（五）礼乐制度称为文。

《论语》美尧之词："焕乎其有文章。"

又："文王既没，文不在兹乎？"

（六）典籍称为文。

《论语》："文献，不足征也。"《孟子》："其文则史。"

以上所举的，都是"文"字单用。最早书籍中将文学二字连用的，有《论语·先进》"文学：子游、子夏"一语。试看这两位的文学怎样，子游事迹及学问，不多见于古代篇籍，但在《檀弓》上，可见到他的种种逸事，大概是一位礼学家。子夏著述之多，为孔门弟子中的第一人。实为后代经师的远祖。如此看来，《论语》中所讲的文学，正和后世《史记》《汉书》说的"彬彬多文学之士"一样，乃是泛指一切学术而言。与现今要谈的文学的意义完全不同。今人所说的文学的意义，正与古人所举的诗的定义很合。

《尚书》："诗言志。"《乐记》："诗，言其志也。"

《诗大叙》："诗者，志之所之也。在心为志，发言为诗。情动于中，而形于言。言之不足，故嗟叹之。嗟叹之不足，故咏歌之。

咏歌之不足，不知手之舞之，足之蹈之也。"

关于大叙真伪的问题，三家诗均不曾道及。子夏作过《诗大叙》，或者为毛公伪托。然而此篇虽不出于子夏之手，至迟也不出于西汉的初年。其中的"情动于中，而形于言"两句不是绝妙的文学定义吗？

《诗》三百篇，汉人夺之为经，视为高文典册，并不敢用文学的眼光去对待它。汉人以词赋为文学，但此种事业，不见尊贵。当时皇帝每以俳优蓄文学之士，所以扬子云言："童子雕虫篆刻，壮夫不为。"曹子建亦深以当一文人为大耻，尚不及乃兄曹丕，知道文学的重要，称为"不朽之盛业"。

自魏、晋直到盛唐，一般人对于文学的界限，都看得明晰，分得清楚，至于六朝人更长于文笔之分，故界说亦颇中肯。略举几条：

陆机有名的《文赋》大半讲的是文之修辞，并找不到文之定义，只得勉强抽出二句："思涉乐其必笑，言方哀而已叹。"于此可见他正以为文乃由情而生的。

至于修史书，特辟文苑一门的，当以作《后汉书》之范晔为第一人。前乎此的《史记》，只在屈原、贾谊、司马相如等列传内，选载了他们所作的辞赋。《汉书》把严助、朱买臣、吾丘寿王、主父偃、徐乐等人的传，都归入一卷之中。

《三国志·王粲传》附载了同时的许多文人，却并没有为文人特立一栏。至于谢、沈等的《后汉书》又已失传，内中有无文苑一门,不得而知。

当时因为文笔之分很严,所以文苑传所收的文人,都是韵文的作者。范晔的《文苑传》下说:"情志既动,篇辞为贵。抽心呈貌,非雕非蔚。殊状共体,同声异气。言观丽则,永监淫费。"按情志二句,显然是受《诗大叙》"情动于中,而形于言"的影响而发生的。

直到齐、梁之间,才有论文之专书出现。最著者如刘勰之《文心雕龙》、钟嵘之《诗品》。

《文心雕龙》:"昔诗人什篇,为情而造文。……盖《风》《雅》之兴,志思蓄愤,而吟咏情性,以讽其上:此为情而造文也。"

《诗品叙》:"气之动物,物之感人。故摇荡性情,形诸舞咏。"

《南齐书·文学传后论》:"文章者,盖性情之风标,神明之律吕也。"

《梁书·文学传后论》:"夫文者,妙发性灵,独拔怀抱。"

我们再看梁代昭明太子所撰的一部总集,所谓文学的标准又是怎样?他认为不是文学,而不入选者,有下四种:

(一)经——姬公……之籍,孔父之书。

(二)子——老、庄……之作,管、孟之流。盖以立意为宗,不以能文为本。

(三)忠贤谋天之说辩。

(四)史乘。

必要合于"沈思翰藻"的条件，方得称之为文，而后入选。阮元《读〈文选序〉》，解释此段最精，节抄如下：

> 昭明所选，名之曰文。盖必文而后选也，非文则不选也。经也，史也，子也，皆不可专名之为文也。故《昭明文选序》后三段，特明其不选之故。必"沈思翰藻"始名之曰文，始以入选也。

萧绎《金楼子·立言篇》："至如不便为诗如阎纂，善为章奏如伯松，若此之流，泛谓之笔。吟咏风谣，流连哀思，谓之文。"

综合以上诸说，可见六朝所下"文"的定义，即前人对于"诗"的定义。惟当时文笔之分甚严。而所称为文者，除内涵之情感以外，还注重形式方面，必求其合乎藻绘声律的各种条件。

自汉至唐，文学之界域，大略如此。首先改变这种风气的人，即唐代韩愈。他每以"笔"为"文"，他善于作散文。然而他同时的人，也只称之曰笔。刘禹锡替他死后作的祭文，有"子长在笔，余长在论"，及杜牧的诗中所称"杜诗韩笔"之说，并不承认他所作为文学正宗。及至宋代，文笔之界更混淆不清。苏轼作《潮州韩文公庙碑》，把唐人所说的笔，亦名之曰文，谓退之"文起八代之衰"。嗣后更把文学的本体，弄得不明不白。如：

周敦颐说:"文,所以载道也。"

王安石说:"礼乐刑政,先王之所谓文也。"

此后直到清代,对于文学有明显主张的,约分三派:

(一)桐城派 主单语,重散文,即古之所谓笔,此派以方苞为首。

(二)扬州派 主偶体,重骈文,即古之所谓文,以阮元为首。

(三)常州派 调和文笔之说,如张惠言等,均骈散兼工。

以上三派,论信徒之多,必推桐城派。若论立论之精准,即数扬州派。

近来的章太炎氏,又主张极广义的:"凡著于竹帛者,谓之文。论其形式,谓之文学。"照他说来,太无限定。凡公司之股票、神庙之签条,均可称之为文,讲来实不胜其烦。现在若要讲文学的界限,与其失之太宽,不如失之太狭。故宁从阮氏之说,而不取章氏之论。

什么是文学

无论什么道理,只要不故意去追寻一种很玄妙的解释,都能得着普通的意义。文学,这件东西,并非从天上掉下的。只是由人造的。从根本上说来，人就不是一个什么玄妙的东西，不过是生物之一种。所以我们最好是从生物上，去给文学的起源，下个解释。

一切生物的生存，都具有两种目的。一为个体的维持，一为种族的维持。要求达到第一种目的，为"食"。要求达到第二种目的，为"色"。人们自然不能例外，故生活问题与配偶问题为人类往古来今之两大事件，正如中国古人所谓"饮食男女，人之大欲存焉"，西哲所说的"饥与爱"。但这两种欲望，不一定人人都能够满足。有时个体生活，偏偏不能维持，种族生活，更说不上。于是因种种不满，而发出欲望之呼号，甚至酿成战争的惨剧。人类因求生意志的不遂，和欲望不能如愿以偿，且同时又受社会上的风俗习惯的束缚，法律舆论的制裁，不能为所欲为，所以就发明了一种"移情"的方法，在实际生活上所获得的许多烦恼，转而向空虚的地方去求安慰。照这一点看来，文学与宗教恰有相似之处。然而二者发生的情形虽同，而最后的结果颇不一致。宗教造幻想以安慰将来，所希望的幸福，却在身后。而文学则造幻想以安慰现在，正欲求得眼前之陶醉或解脱。

因文学与宗教在某点上有相同的作用，故宗教兴盛之时，亦即文学发达之日。如建安之世，五斗米教盛行，而邺中七子生于此时。东晋时有沙门慧远倡净土宗，当时彬彬文学之士最多。南北朝佛教势焰不小，骈俪的作家可车载斗量。五代时人多信仰佛法，有大批词人散居十国之中。大概由于时局纷扰，一般人生活失去常态，深感现世的不满足，想另寻一块理想之乐土以自适。不钻入宗教之圈套，便逃入文学的领域。

有人说，文学的创造，为人生之艺术化，或又名之曰美化。我看也未必尽然，反不如说创造文学，是使人生活虚化，较为确切。以上所说的，都是关于"移情"一方面。

除了移情以外，还另外有一种作用。文学家最不爱说直话，美人芳草之词，风雨鸡鸣之喻，表现的语辞和内涵的意义不一定是那一回事，这可名之曰"移象"。即如模山范水，游仙谈玄，何尝又不用是言在此而意在彼呢？

因文学是逃往于虚境者的产品，故文学说不上有什么大的实用。又因为文学多产生于不满足之际，故文学每多愁苦悲叹之声，如"《诗》三百篇，大底圣贤发愤之所为作也"，"屈原之作《离骚》，盖自怨生也"。然而文学一方面虽由穷愁而起，一方面又可以安慰穷愁。文人虽形容憔悴，亦能怡然自得。正如《诗品》所说："穷贱易安，幽居靡闷，莫尚于诗。"

个体的维持与种族的维持，是一般生物和全人类的共同的要求。把这两种要求表现在文学里面，所以一种民族里的作品，能博得任何民族的同情。这就叫作文学的普遍性，即《诗叙》所说"言天下之事，系一人之本，谓之风"。这一人非是别人，就是作诗之人呀!

又从另一方面看去,文学是逃实入虚,而发泄不足之感情的利器。然同时因种种关系,又不容作者尽量发泄,请谓极浪漫之能事。尤以自来儒家之伦理观念,极为文学之大障碍。所以《诗叙》上有"发乎情,止乎礼义"的话,就是要制止极奔放的热情,使过于浪漫的情感有所节制。

日本厨川白村在他的《苦闷的象征》一书中,解释文学的起源,由于创造生活力之压抑。创造生活所包者广,即如消遣,亦即其中之一种,如公子或隐士之养鸟莳花,兴趣十分浓厚,至如猎人之天天捕鸟,园丁之日日栽花,反成苦境。又与其说马之拉车,不如说车之推马。因为马并不愿意自己拉车,乃由人驾车子催着马走。而此拉车的马,已失去它的创造生活了。

但是创造生活的被压抑,由于实际生活之不满足。如实际生活满足以后,则创造生活力之受压抑,必不如是其甚。文学之产生,是由于创造生活之被压抑而生的反响。如是说来,凡是境遇充裕之人,必皆不能成为著名之文人了。其实不然,人永无满足现状之一日。生活一天,总要求向上一天。纵然一己的境遇,虽感觉得好,若对于其他境遇不如己的人表同情,自然便发生同感,亦能创造文学,如魏之贵为皇亲之曹子建,唐之早年登科第之白香山,作诗多陈民间疾苦,清人中如纳兰容若之大贵,项莲生之大富,而读《饮水词》与《忆云词》，可以不断地看见他的悲哀情调，不像大富贵人家的口吻，所谓伤心人别有怀抱。这不是可以做证明吗？

从以上的种种说法，可以知道文学是一样什么东西了。在此"未能免俗"，聊为文学下一种界说：

文学，是由于生活之环境上受了刺激而起情感的反应，借艺术化的语言而为具体的表现。

今人多谓文学为人生之表现，此乃指文学之对象，而忽略他的动机。或又谓文学，所以指示人生之途径，又把文学弄成伦理学之奴隶。指示途径，可说是它的副产品，与文学之本身无关。"情动于中"，正是文学的动机，也正是其内容，但这情感，不是白白发生出来的，乃由于受环境之刺激而反应出来的。若如此说，则人生已包括在内。"而形于言"，乃兼及外表。这种语言，又和寻常日用品不同，是被艺术化的、有声有色的。因纯文学自然有它的音节，又不能用音乐以表现之。因音乐太抽象了，故贵乎用一种具体的语言。且文学最忌抽象的表现。与其空说春景鲜明，不如说"杂花生树，群莺乱飞"。与其空说秋容惨淡，不如说"袅袅兮秋风，洞庭波兮木叶下"。

所以论列一种文学，对于作者的环境更当特别注重。在讲文学史的人，尤其应该如此。有人又以为文学纯为天才产物，本不受环境的限制。其实两说都言之成理，然又各有所偏。古已有之，列举如下：

（一）先天说　曹丕《典论·论文》："文以气为主，气之清浊有体，不可力强而致。譬诸音乐，曲度虽均，节奏同检，至于引气不齐，巧拙有素。虽在父兄，不能以移子弟。"我国文人最喜谈"气"，解释各不相同。这里所指的气，即是"才性"。后来清代姚鼐、曾国藩一般人所倡的阳刚阴柔之说，即从此生出。

（二）后天说　司马迁《报任少卿书》："《诗》三百篇，大底圣贤发愤之所为作也。屈原放逐，乃著离骚。"

谢灵运《拟邺中集诗小叙》论王粲："家本秦川贵公子孙，遭乱流寓，自伤情多。"论陈琳："袁本初书记之士，故述丧乱事多。"

钟嵘《诗品》论李陵："使陵不遭辛苦，其为文亦何能至此。"

两说不为无理，然先天、后天必兼而有之，始能卓然成文学名家。创造文学，必须天才，是不消说的。譬如天才是水，天才不丰富的，正如涸池浅沼。富有天才的，好比长江大河。然若水不遇风，则波平浪静，毫无奇观。或微风乍起，吹皱一池春水。或狂风怒号，卷起万顷波涛。后天的修养及其刺激，亦正如风一样，既受先天之惠，复得后天之助，文学不患不成。若专恃天才，而无相当修养，不惟怠人志气，即早成熟的，亦多华而不实，故讲文学史的人，与其重先天，不若重后天还好些。

文学史之研究

文学史与文学本身之关系,与其他学术史与学术本身之关系,迥然不同。因为他种学术史,与其所叙述之学术的本身,都同是客观的。文学史固然也是客观的,然而被它叙述的文学本身,并不是客观的。文学家之所以异乎常人的,就是能将一切客观的事象,加以主观之解释:明明是空气流荡而成之风,竟说它在怒号;明明是由高就下之泉响,又说它在呜咽。以数目来论"虽九死其犹未悔",一个人怎能死到九次?"白发三千丈",古今中外哪有若长的头发?"南风吹山作平地","南山塞天地",试问天下何处去寻如此之大风与峻岭?然而无害其为最优美之文学。以文学之创造,不妨完全掺入主观的成见。可是拿这同样的态度来研究文学史,那就糟透了。故研究文学史,要纯粹立于客观地位。"言之非艰,行之维艰。"谈文学史的人,多半是爱好文学之士。凡人有所爱,必有所憎,如喜欢汉、魏的人,每骂八家为浅薄。而崇拜后者的人,又骂前者为假古董。不过我们要极力免除此种弊端,虽不敢说成消灭至于无,总要求能减至最低的限度。

因此，研究文学史，应注重事实的变迁，而不应注重价值之估定。所应具的态度，与研究任何史的态度，应该是一样的。应具备：

（一）冷静的态度　不染任何宗派色彩，不拥护何派，亦不诋毁何派。

（二）求信的态度　只问作品之真不真，不问作品之美不美。

（三）求因果的关系之注意　每种文学之产生，非突然的，必有其来因。既发生以后，必有其相当的影响与其后来的效果。

第二章

上古文学

总　论

讲到我国邃古的文学，不患材料的不多，只怕材料的不真。我们首先若不建立一个信史开始的时代，随便轻信一切传说，遂不免以讹传讹。大讲其三皇五帝的文学，或甚至盘古时代的文学，若不是捕风捉影，便是自欺欺人。

上古当断自何代，真不知从何处说起。在此，暂举古人所称引的最早人物的事迹，以作比勘之用。

《尚书》总算是很可靠古籍之一种，据那上面记载的时代，以《尧典》为最古，即至春秋时，孔子日常教导人所援引的古代之君，亦限于尧、舜，至《周易·系辞》传说到伏羲。但此传并非孔子所作。宋代欧阳修的《易童子问》，久已致疑。到战国时人，如庄子之类，又谈到黄帝。到了汉代的司马迁作《史记》立《五帝本纪》，亦托始于黄帝。但他同时又自认"百家言黄帝，其文不雅驯"。至于汉代一般造纬书的人，简直谈到五帝以前开辟时事（参看《太平御览》七十八至八十一卷）。至司马贞《补史记》，于是加上《三皇本纪》。托始于伏羲。至宋代罗泌作的《路史》，集诸纬之大成，又益以道藏之说，更加上了《初三皇纪》与《中三皇纪》。他又根据《春秋元命苞》十纪之记"天地开辟至春秋获麟之岁，凡二百二十六万七千年"，这比今人动以五千年文明古国自夸的人，更张扬万倍。

从以上举的例看来，愈是时代愈后的人，所知道古人的时代愈远，其令人莫名其妙。且最先提出三皇之说的，为秦博士。他们说三皇为天皇、地皇、泰皇，泰皇最贵。这显然是由当时一般方士捏造古事，以迎合好大崇古的秦始皇心理。尧、舜本为儒家之理想人物，于是农家如许行之徒，不搬出一位较远的神农来。及至战国之末，一般道家，又请出更神秘的黄帝来，以与儒家之尧、舜对抗。到汉代武梁祠画像，如伏羲、女娲之类，均为人头蛇身，奇离惝恍，亦"想当然耳"之人物形状而已。

即以后世相传之虞、夏书来说，教人致疑的地方颇不少。怀疑尧、舜，早有战国时人韩非。怀疑《尧典》，又有东汉时人王充。现且姑舍去史实不谈，单就文字上看来，已有几点令人不解：

（一）以文学演进的公例推去，不应较为早出的虞、夏书，反为文从字顺，排偶整齐。而较为晚出之《盘庚》《大诰》，反而"佶诎聱牙"。即假定谓《尧典》为夏代史官所追记，亦在殷人之前。试问当时用何种文字记录。大概虞、夏书之成，至早想亦不能在东周之前。

（二）《禹贡》所载禹之治水之不可信，德人夏德在他所作的《中国古代史》中早已致疑。禹所谓的江、河、淮、济四条大水，以及无数小川，合计有数千海里之长。以当时稀少之人口，粗笨之器械，在几年中，能做成偌大工程。大禹真不是人，而是神了。且经近代地质学家考察，江、河原来都是天然水道，没有丝毫人工疏导的痕迹。就是用现代技术来疏导长江，都是不可能的。何况当时没有铁器呢？

（三）文字演进公例，由简趋繁。如《盘庚》等篇所用之字偏旁都很简单，而《禹贡》上的字，所用的偏旁很繁复。以现今出土的殷墟甲骨文字为断，尚未寻出从金的字，而《禹贡》上则各类金属字都齐备。古代把铜叫作金，而把今人所称为金子的叫作黄金。殷人确能用铜，因出土之甲骨及器物之雕琢工细，有非石器所能为力的。但殷人尚未能用铁，而《禹贡》上则金、银、铜、铁、锡都早已完备了。

不必多举，只要以上几个证据，已足断定《尚书》有许多篇是后人增附的。

人类总不免有怀古幽情，每每眷顾着古时的理想黄金时代。且从前人与现代人对于历史的观念，很有不同的见解。自来许多学者，每以退化的眼光去看历史，觉得人类愈古愈好，黄金时代已成过去陈迹，徒令吾人追慕，不能自已。现今讲历史的学者，多觉得人类总是向前进化的。黄金时代尚在未来之时，古昔并非真足迷眷。不过聊以自慰，吾国古时儒家、道家，都喜欢举出他们古代的理想国度，借以寄托他们的政治理想。正如司马谈在《论六家要旨》中所说"皆务为治者也"。

夏德以为中国信史时代，宜从有《诗经》讲起，那显然是受了讲希腊史先从荷马的诗歌时代为起首的影响。若讲信史，定要以周代为断，又不免把古史时期太缩短了。

若要确定中国的信史时代，应当以有可靠的文字成立时为准则。于此，不得不联想到举世相传那位造字的始祖，仓颉。仓颉究竟是个怎样的人，汉代即有二说：

（一）仓颉庙碑"史皇仓颉"，此派承认仓颉为古代造字的帝王。以后罗泌作《路史》，即以此为宗尚。

（二）《说文叙》"黄帝之史仓颉"。这派又把仓颉由皇帝而贬为臣僚了。后世宗仰此说的很多。

汉碑多为今文家言。作《说文》的许叔重，其学出于贾逵，与左氏春秋毛诗同为古文家言。两说究竟以哪一种为准？至今实无从断定。总之，文字既为社会公用符号，实为社会公共产物，不能硬派一个人去享独造之功。无论仓颉是君是臣，怎能包办造字的全权呢？荀子说得好："好书者众矣，而仓颉独传者，壹也。"假定古代有仓颉那样一个人，也不过是爱好文字者，亦非创造文字者，说他创造文字，周末人尚不承认哩！

所谓仓颉创造的字，据流传于今日的淳化阁帖中，载有一部分，好似符录一般，固然万不可信。又据《说文》秃字说，"秃，仓颉出见人伏禾中，故作秃"，说来亦觉可笑。韩非又引仓颉所造的字："自环为ᄂ，背ᄂ为公。"《说文》解释私字，引用此说。今存铜器中未见ᄂ字公字，可见大概都作"公"。形从八从ᄂ。ᄂ，亦非自环之形。

从文字学上去断定史事，此路是可以通行的。清代研究文字学的人，以道光前后为转机。前乎此者，是以书证书，如发觉宋本《说文》某字之可疑，乃从《玉篇》或《广韵》及其他古书中之引《说文》者，以证明其正谬。如段玉裁、严可均、姚文田等皆是。后乎此者，是以古器文字证书，一般考古金石家的影响及于学术界者不小。每据金文以订文正字之源流，及纠改许书之误谬。王筠作《说文释例》每卷后之附录，实为近代文字学革命之导火线，然而他还不敢明目张胆攻击许氏。直到吴大澂出了一部《说文古籀补》，始正式攻排许氏。然二三千年后的学者,能知多少古音古训,当然是许氏之赐。大约《说文》中之古文、籀文,多不可信,而篆文颇多可信的。

中国文字可得而征信的,大概要从殷代讲起。

夏代文字之传于今者,尽是伪托。前人辩之已详,这里不必多引。至今我们还不能证明夏代的文字,究竟是什么样字。

吾国文字,由图画蜕变而来,可无疑义。故六书应以象形为第一。但图画与字之区别,究在何处?前者是用一种形体,以代表所欲表明之动作。例如为人荷戈,为子抱孙,荷字与抱字在图画中,无此实物。只能从两种形体合成之位置上,寻出一相当动作之意义。随后图画中之形体,一变而为文字中之名词。中国有许多名词,至今尚未脱图画范围。但名词又不能表动作,乃另造动词以应用。故动词正式成立之日,即文字对图画宣告独立之时。

古器所刻文字简约,且多用方笔,人名每用干支。这两种正为殷代文字之特点。有人谓以干支命名始于夏之孔甲,殊不知殷之远祖王亥(即《天问》"该秉季德"之该)较孔甲为早已用干支为名之例。(近人收集殷代文字的一部大著,要算罗振玉氏的《殷文存》)从前人——尤以宋人为甚,设法附会图画为字形,每多讲不通之处。现在我们要还它们本来面目,看这些图形究竟有什么意义。

(一)"图腾"之选制　从殷人所遗留的图像看来,可见当时社会尚去獉莽时代不远。虽说脱离了图腾制度，然而到处尚留着这种痕迹。例如古代铜器上所刻的：

羊首形　　　　　　　鱼形

（二）宗教之礼仪　时代愈古，对于宗教之信仰愈深。殷代差不多是以鬼治国。些微小事，都要取决于卜。故当时对于祭祀的礼节，非常重视。

象祭祀时所用之牺牲或做爵献酒之状，如上图。
或象妇人跪而奠酒。都是不脱宗教范围的。

今传世铜器上或刻作。

（三）武功之炫耀　人性好斗，古已如斯。殷代当与他国竞争，屡见于卜辞。此风至周尚盛，如周代武功以宣王之南服淮夷、北克猃狁，为有声有色。故彝器之勒名纪功，亦以此时为多。惜殷代文字之用尚未广，故多作图以表示之。如：

戈荷人像 　　　　　　　　旗执人像

若下图则显然活现出一个手执斧钺、献俘于王的勇士形状了。

（四）田猎之娱乐　殷代尚属游牧时代，人民迁徙无定。随地获弋鸟兽，如：

象弯弓欲发射兽之形。 　　象捕鸟之举。其他种种，不胜枚举。

以上略略提了几项殷代图像的种类，现在要谈殷代的文字。二十几年以前，在河南安阳县洹水南古之殷墟中，忽然发现大批甲骨文字，经过几个学者考释，始确定为殷人文字。所刻帝王名字，从汤起至于武乙，故此种文字已全全脱离图画的范围，大概为殷末武乙以后的遗物，比铜器的图形较为晚出。

由以上二类文字看来，殷人是由新石器时代而转入铜器时代的，龟甲和兽骨的本质，都很坚硬，非石器所能刻画的。所用的谅必是铜锡合金的器具。前数年西人安特生在渑池发现石器，他就断定殷人还在石器时代，那话是靠不住的。

殷之文化

文化与地理极有关系。中国最早的文化发源于黄河流域，又分为河东与河西两大支派。照古代史册传说，从尧、舜以来，建都均在河东。从周代起，河西的文化，始因之崛兴。现代吾人知道殷代文化之几大特点：

（一）常迁徙。殷人迁都前八后五，居址无定。

（二）发明服牛乘马之法。这是游牧民族，熟习兽性以后而试演的。

（三）重视牧业。当时人民最重视牧畜之事，常常因争执一块小小牧地，而双方打仗。

从以上种种情形看来，可以断定殷代还在游牧民族时代，而且定都每在平原。南至归德，北至安阳，太行山东的大旷野，都是很宜于畜牧的。

由游牧而进为农业时代，实为殷、周之际。从《豳风》等诗，可以知道周人很忙于农事。周人定都岐山以后，是很不易远徙的。

成汤革夏命，武王革殷命，后世人批评他们，都很隔膜。美之者谓为"应天顺人"，罪之者谓为"弑君叛逆"。但现今从甲骨上去考察，说殷人统一河东，并非事实，当时在洹水左右，即有无数他种民族，同他常常捣乱。殷人"国际地位"并不高。殷之君王也并非天下之共主。不过我们现在没有发现当时与殷同时别国的记载，只听殷人一面之词，然而亦足见殷人文化，总较他族为高了。

以传统论，殷人父子相承与兄弟相承一例看待。祭祀时所列神位亦以父子兄弟等平行。确定父子相传之制，始于周公，即以河西文化改变河东文化。因父子传统之制成立，而婚姻制度更加严重。且殷人祭祀考妣一律看待，至于男尊女卑之制，定于周代。（王静安氏的《殷周制度论》说得很详细）

河东文化虽被河西文化征服，然而并没有灭绝。楚人就是此项文化一部分的保存与继续者。这事且举出几种证据：（一）殷高宗曾伐荆楚。有《商颂·殷武》篇可证。"挞彼殷武，奋伐荆楚。深入其阻，裒荆之旅。有截其所，汤孙之绪。"（二）熊释、鬻黑封于楚国，将中原的文物传播下去。（三）楚人不奉周正朔，而以建丑之月为岁首。且殷楚皆称一年为一祀。（四）殷人尚鬼，楚人亦尚鬼。（五）留传至今之周代文字，显分两源。与周同姓诸国成一派，异姓诸国另外又是一派。此派之中，又分为二：北方以齐为中心，南方以楚为中心。而齐、楚两国文字，皆纤劲与殷代的相近，而与周代的不同。（六）楚人书籍有些为中原所无的。如楚左史倚相，能读之《三坟》《五典》《八索》《九丘》，周代的人都未见过，大半是从殷代传下的。（七）《楚辞·天问》最不易解。上半篇谈天象，已难解通。下半篇叙述的人事，更看不懂。可见楚人所传之史事，都有些与中原的不同。近代学者利用甲骨文所发现新字，以解释《天问篇》也是为殷文化输入楚国之一证。

据上面所述种种证据，足见中国信史当从殷代开始。殷代文字，确已正式成立，但是我们不能说有了文字便有文学。谈到殷代文学，如今有无迹象可以寻求呢？略分三类：

（一）甲骨文字　上面所刻的，不外乎干支及卜辞之类。如甲子乙丑，其风其雨，大吉、弘吉等与今日之算命单相似，这种种诚然是很可靠的史料，但决不能称之为文学。

（二）《盘庚》　此篇以下文字，古今学者，都很相信。但这种诰诫体在散文中尚占到相当的地位，然而也不能称之为纯粹的文学。

（三）《商颂》　谈到殷代的纯粹文学，大家都当一致推举

《商颂》了。不过这篇虽名商颂，是否即产生于商代，而今颇成问题。关于此篇时代问题，约分以下诸说：

（甲）《毛诗叙》以《商颂》为商诗，其言曰："《那》，祀成汤也。微子至于戴公，其间礼乐废坏。有正考甫者，得《商颂》十二篇于周之大师，以《那》为首。"后来焦里堂尚有"商之诗仅存颂"的话，因为他尊信古文家之说。

（乙）《史记·宋世家》以《商颂》为宋诗，谓出于宋襄公之世。此说本出于《韩诗》。

在此两说以前，《国语》中《鲁语》闵马父谓"昔正考父校商之名颂十二篇于周太师"，《毛诗》改"校"为"得"，已与原文有出入。王静安氏认《商颂》为宋诗，他的理由如下：

（一）校字非校雠之校，周代无校雠事。校雠到汉代方开始，这里的校字等于献字。正考父是宋戴公末年时人，此时周室东迁，礼乐崩坏，正考父于是校商之名颂十二篇，即等于献商之名颂十二篇。但《商颂》的作者，又是何人呢？现在只存有五篇，如《那》祀成汤，《殷武》美高宗，从《殷武》诗可证非商人所作。

（二）再从地理上讲，颂文有"陟彼景山，松柏丸丸"。毛传与郑笺对于景山都无解释。有人说景山就是大山。但《鲁颂》仿《商颂》而作，《鲁颂》中有"徂徕之松，新甫之柏"。徂徕、新甫，皆山名。则景山亦必为山名无疑。《水经注》犹可考见景山在河南，去商丘不远。殷都于河北，距商丘甚远，不可能取松柏于景山。至于宋人，定都于商丘，到景山去取松柏，是非常之顺道，而且很容易的。

（三）再说到语言方面，如为商人所作，则其所用人名、地名，应与甲骨文字相近。卜辞称商，而颂称商殷。卜辞称汤为太乙，或称为唐，而颂称汤为成汤、烈祖及武王。商为契之封地，颂中称商者，指它的国都。称殷代，是指它的朝代。

（四）更从文辞的风格上来说，《商颂》的用语，不类殷而近周。如《那》之"猗与那与"，《苌楚》作"猗傩"，《隰桑》作"阿难"，石鼓文作"亚若"，《苌楚》以下，都不是殷诗，一概用的是宗周中叶以下的语言，与尹吉甫颂美宣王所用之语言相类。无论从哪方面去证明，《商颂》，决非商人文学。而甲骨与诰诫也不登于纯文学之堂。再去看看殷代的所遗留下的金石文字，然而至今被认为商代铜器上所录刻的文字，只寥寥几字或几句，也是不成其为文学的。我们从此可以断定中国文学史的信史时代，当自周始。

第三章

周代文学

总　论

无论何种文化，没有不受地理上的影响的。文学亦因地域不同，而分出种种的区别，尤以吾国周代的南北文学为显著。中亚细亚高原，为人类最初活动的处所。因为山水东西分驰，故人类的活动亦向东西分布。此实由于天然环境的不同，所以南北生活乃因之而分歧。说到世界文化，与其以经度为区分的标准，不若用纬度区别更为得当。中国自然也不在例外。

中国南北之分，应当以长江及黄河为界。此二流域人民的生活，实有很显著的差别。这是吾人所能见到的事实。有人或者说现在的气候与从前略有改变，这话很不可靠。殷周至今只二三千年，以人寿相比，觉得为期甚长。然用地质的时期来比较，又未免为时太暂。

自然界的情形，是没有多大变动的。

若论及天然界所赐给南北人民的，的确是不大公平，南人多受日光之照映，雨水之恩渥，每年秋后的丰收，是极有盼望的。北方人虽然经年胼手胝足，但所得的生活资料，反不若南方人的容易。所以前者不能不与自然界奋斗，后者每多于自然界妥协。在这里且举出几桩显而易见的事，以互相比较。

（一）宗教　无论南人北人，都有宗教的信仰。惟北人对于大家敬奉的尊神，不是说"上帝板板"，便是说"上帝震怒"，完全是一种抽象的描写，断没有具体的表现，而且是高高在上，极其严肃，令人森然可畏。至于南人眼光中的神祇，简直是人格化了，所以神的一切衣冠、容貌、言语、嗜好，与我们世间的人极其相像，而且常与世人来往，觉得令人和蔼可亲。这种例子，在屈原的《九歌》中很普遍。

（二）思想　因北人处境艰困，不能不与自然奋斗。思想都是偏于实践，一方面最善讲求利用厚生之道，此与儒家思想极相近。从周代孔子直到清代颜元、李塨，莫不如是。至于南人得天独厚，生活不成问题，故思想每每离开实际，而入于玄虚。此与道家思想相近。

（三）文学　论南北文学不同的，以刘师培的说法为较详尽。日本人谈中国文学的，每喜加以引用，刘君在他的《南北文学不同论》中说:"大抵北方之地,土厚水深,民生其间,多尚实际。南方之地,水势浩洋,民生其际,多尚虚无。民崇实际,故所著之文,不外记事、析理二端。民尚虚无,故所作之文,或为言志、抒情之体。"文学受地理的支配,此说当然有充分的理由。但是也只是限于政局分裂、交通不便之时,此时,南北隔绝,所以文学不能交相影响。如周代战国南北文学,的确不同。又如南北朝,南方多出文人,北方多产经师。南宋时,宋词与元曲也很有差异。五代时,中国的词人多出在长江流域一带。至于政局统一、交通甚便之时,文学是不分南北的。如两汉、唐代、北宋的文人,南北均有。元朝以后,文学分南北的风气,差不多没有了。于是可见文学之分南北,不只是为地域所限制,实在与政局及交通之能统一与否,也有关系的。

周代之南北文学

第一期 周代北派文学之代表作品——《诗经》

在古代中国最可靠的文学作品中,当以《诗经》的时代为最早,可惜三百篇的作者而今大半都湮没无闻,如诗中明言为某人所作,如周公、尹吉甫、巷伯等人，实在是占极少数，其他没有作者姓名的许多篇章，我们不妨承认那些是民族的作品。所写的实在都是当时共同心理之趋向，很可以代表大家公共心理的要求。正如大序所说的"此一国之事，系一人之本，谓之风"。此种证例甚多，我们只要翻开《诗经》一看，内中所表现最多的，不外乎讴歌男女的爱情，颂美神祇的威德，以及政局之得失。所取之对象，均编于实际。这是民族最初文学应有的现象。凡有文学的国家，都是先有文学，然后产生文学专家。因最先的作品，均是代表民族，而不是一二人所得而私有的。而且是由人事而渐渐及于较远之对象。其他艺术，亦莫不然。如图画在古代鼎彝上所绘的，多为鸟兽之形。至汉代则多人像。武梁祠所画的，以古代帝王之像为主。以前都无山水，到了东晋，山水画始出现。只看《诗经》中所描写的多切近生活之事，偶然写两句关于山水的，也很笨拙。专写山水的作品，《诗经》中简直可以说没有。

《诗经》产生的地域

三百篇产生的地域问题，《雅》《颂》最容易考出，《国风》较难。《雅》是周室的朝廷文学，出自丰、镐之间。《周颂》产生的地方，正同《鲁颂》出于鲁，《商颂》出于宋，这都是显而易明的。惟十五《国风》产生的地域，考订就不免异说纷纭了。（关于这个问题，可参看郑玄《诗谱》、欧阳修《诗谱补亡》、丁晏《诗谱考正》、宋王伯厚《诗地理考》、清朱右曾《诗地理征》。）兹就《诗谱》列表如下：

周南·召南　雍州（岐山之阳，今之陕西凤翔等地。）

邶、鄘、卫　冀州（太行之东，北逾衡漳，东及兖州，今之河北、河南等地。）

桧、郑　豫州（外方之北，荥波之南，居溱、洧之间，今河南新郑一带之地。）

魏　冀州（雷首之北，析城之西，南枕河曲，北涉汾水，今山西之南端。）

唐　冀州（相传为尧之旧都，太行、恒山之西，大原、大岳之野，今山西太原一带。）

齐　青州（岱山之阴，潍、淄之野，今山东青州一带。）

秦　雍州（近鸟鼠之山，今之甘肃南部。）

陈　豫州（豫州之东，其地广平，无名山大泽，今之河南陈州一带。）

曹　兖州（陶丘之北，今之山东曹州一带。）

豳　雍州（岐山之北，今之陕西北部。）

王　豫州（大华、外方之间，今豫西洛阳一带。）

从上表看来，各种《风》诗产生之地，均在河、渭左右，总不出黄河流域。惟《周南》《召南》二诗，颇有问题。据《韩诗》说：

"二南者，南郡（今湖北荆州）与南阳（今之河南）也。"《诗大叙》又说："南者，言化自北而南也。"惟此时南方尚未开化，不应有此种文学。南字的意义，当即从北方人的口中所说出的南方。这显然是周室的文化南征时，北人述说经营江、汉之迹。若说诗中有江、汉字样的，必出于南人之手，则《大雅·江汉》诗说："江汉汤汤，武夫洸洸。"《常武》说："铺敦淮濆，仍执丑虏。"以上两诗，明明是出于尹吉甫等之手，所以"二南"发生的地方，也是不外黄河流域的。

《诗经》发生的时代

论及《诗经》的起源最早的，有孟子的"王者之迹熄，而诗亡。诗亡，然后《春秋》作"之说。但是他又没有说出什么时候。前面一章既是证明《商颂》不出于商代，可见至迟也应出于周。但周代到什么时候才有诗，也费考证。《诗经》第一篇《关雎》诗，毛说以为在文王时作，但今文家又说此诗出于康王时。《汉书》里面引诗的多用此说。但考阮元《诗书古训》，如《大雅·文王》引《吕氏春秋》说："周文王处岐，……散宜生曰'殷可伐也'，文王弗许。周公旦乃作诗曰：'文王在上，於昭于天。周虽旧邦，其命维新。'以绳文王之德。"（《墨子》亦引此文）文王不一定是谥号，在甲骨文中文武之名在生前也可以如此称呼。即令此诗不是作于文王时,而《灵台》一诗,据孟子所引似亦为文王时所作。(《灵台》诗中但称王,而并未明说是哪一位王。)

至于《风》诗之时代,颇难断定。最后作品,当为《陈风》中《株林》《泽陂》之诗。这两首诗,是叙述陈灵公君臣与夏姬淫乱的事。徵舒弑灵公在周定王八年(前五九九),于是考得《诗经》所经过之周帝王时代,从文王起至定王止,如下:

文 武 成 康 恭 懿 孝 夷 厉 (共和) 宣 幽 平 桓 庄 釐 惠 襄 贞 匡 定

《诗经》的修辞

从多方面都可证明《诗经》为古代文学作品:

(一)句 《诗经》每句自二字至九字:

二字 祈父

三字 麟之趾,苕之华

四字 (正格,例不胜举)

五字 谁谓雀无角,何以穿我屋

六字 我姑酌彼金罍;俟我于著乎而

七字 式微式微胡不归

八字 我不敢效我友自逸

九字 毋金玉尔音,而有遐心

（二）调　每篇中同一调，反复歌咏之。如：

麟之趾，振振公子，吁嗟麟兮！

麟之角，振振公族，吁嗟麟兮！

麟之定，振振公姓，吁嗟麟兮！

（三）字　多用叠字，如：

夭夭　灼灼　关关　喈喈

由上所述，可见《诗经》之修辞，是用简短的句子、重复的调子，以及叠字借以表现他们的感想，因此可以断定《诗经》是上古时代的作品。

所谓重复的调子，尤以《风》诗中所表现为最多。因为平民的作品，更能表现出时代的精神呵！

诗之修辞功夫，以后渐有言古不如今。但讲到用韵，则由繁而简，今不如昔。后世作诗，不过句尾有韵，远不及《诗经》之繁。兹略举例言之：

甲　连句韵

乙　间句韵

丙　句首韵

丁　句中韵

戊　连章韵

己　隔章韵

庚　变韵

据此,作《毛诗》韵例来统计,其用韵决不下七十余种。《诗经》用韵如此复杂,也有其客观的缘故。当时《诗》的流传多赖讽诵,而不在书写,因为古诗皆可以加上乐谱,所谓"《诗》三百篇,孔子皆弦歌之",就是此意。

周之金石文

周代遗留至今之钟鼎彝器,金类多,而石类少。后者只有石鼓文。其余的尽属于金文一类。金文中又分散体与韵文。韵文与《诗经》不无关联,所以也提出来,略为讲述。

周代金文体约分两类:

(一)书类　用散文写的例:毛公鼎、盂鼎、散氏盘、克鼎、匌鼎。这类文体皆近于《大诰》《召诰》《洛诰》等篇。

(二)诗类　用韵文写的例:虢季子白盘、曾伯霥簠。此类文体,近于《颂》的最多,亦有近于《大雅》的,但没有与《风》相同的。两周金石文字,盛极于宣王时。因为当时有北伐猃狁、南征淮夷两大战役。尹吉甫所作颂诗,如《崧高》《烝民》《韩奕》《江汉》等,前两篇诗中均有"吉甫作颂"的明文,可以断定那是尹氏所作。(《巷伯》寺人孟子所作,与此诗同例)后二篇作风又与前者相同,当亦为尹氏或尹氏时诗人所作。周宣王时作记功之金石韵文中，述北伐狁狁的，有虢季子白盘。述南征淮夷的，有曾伯霥簠。至于属于前者的散文，则有不娶敦。属于后者，则有师寰敦。

关于《诗经》之古代批评

中国最古之文学批评，始自孔子。孔子论《诗》，大概可分为两种标准：一则应用于语言之输导，一则以为伦理之依归。

（一）关于语言一方面的：

"不学《诗》，无以言。鲤退而学《诗》。"

"赐也，始可与言《诗》已矣。"（子贡在孔门言语科）

"诵《诗三百》，授之以政。不达，使于四方，不能专对，虽多，亦奚以为！"

（二）关于伦理一方面的：

"小子，何莫学乎《诗》？《诗》，可以兴，可以观，可以群，可以怨，迩之事父，远之事君。多识于鸟兽草木之名。"

此后，《诗经》变为伦理的教训，被人尊之为经，而文学的位置，反见低落，导源乃本于此。

第二期　周代南派之代表作品——楚辞

论中国古代学术多分为南北两派。刘勰在《文心雕龙·时序篇》

曾说:"春秋以后,角战英雄。六经泥蟠,百家飙骇。方是时也,韩、魏力政,燕、赵任权,五蠹六虱,严于秦令。唯齐、楚两国,颇有文学。"战国时学术人才,多分处齐、楚两国。齐之稷下,为一般哲人所聚会,如荀卿、邹衍、淳于髡之流。而楚国,则为词人之渊薮,我们的领袖,就是屈原和宋玉等。这个时候的文人,都集于南方。与春秋时代文人之出于北方正相同。这里面转变的痕迹是可以追寻的。

《左传》《国语》中行人出使别国,动辄引《诗》以为赠答之词。但是如在《战国策》中去寻找全书中引《诗》的,不过一二条而已。这正是"《诗》亡"的朕兆。从政治一方面讲,以孟轲所说之"《诗》亡,然后《春秋》作"为有见地。若从文学一方面讲,则李纲所说的"《诗》亡,然后《离骚》作"的话更为中肯。

由《诗》变为《离骚》,其间最显著的差别,就是由民族的作品,而转变为个人的作品——专家的作品。自《隋书·经籍志》以后诸史的集部,均以楚辞为首。因他们都见到这一层。

怀王客死于秦,在周赧王三十九年(前二七六)。而《诗经》最后时期为周定王八年(前五九九)。从"《诗》亡"一直到"《离骚》作",约略为三百年。这里所说的"《诗》亡"含有两种意义,一是采诗官的制度不行,二是没有作《诗》的人。当然以前说的理由较为充足,那时北方的《诗》,或为衰落时期,直到南方屈原出来,完全脱离三百篇的方向,而开始创造一种新体。然而由《诗》之转到《离骚》,又绝不是"突变"。此中自然有迹象可寻,在《诗》之后、楚辞之前,南方已有如此之作品。

（一）楚狂接舆之歌:"凤兮凤兮,何德之衰？往者不可谏,来者犹可追。已而已而,今之从政者殆而。"

（二）沧浪孺子之歌:"沧浪之水清兮,可以濯我缨。沧浪之水浊兮,可以濯我足。"

以上两歌,与《诗经》比较,显然有两种差别:

（一）字数参差,不若《诗》之多为四字句。

（二）用"兮"字作语助。《诗》中虽间有用"兮"字处,但不普遍。

我们若将《诗》与《骚》做一种比较的研究,则得以下诸点:

（一）字　《诗》中形容词多用叠字,而楚辞则多用骈字。

（二）句　《诗》以四字句为正格,而楚辞字句多参差。

（三）章　《诗》多重调,而楚辞无有。

（四）篇　《诗》之篇短,而楚辞之篇长。（长篇作品始于楚人。）

（五）思想　《诗》所写比较切于人事,而楚辞中所表现的多超脱人世。前者较为写实,后者近于浪漫。

（六）神与神话　《诗经》写神尽属抽象。楚辞写神,却是具体。《诗》中神话最少,如《生民》之诗不多。至《楚辞·天问》,则为中国神话的渊薮。

(七)人世　北人虽日日讲求人事,而厌世之风特甚,故出语愤激。如《苕之华》有"知我如此,不如无生"之语。屈原思想有时冲突,但归结仍脱不了人世,《离骚》睨旧乡,《招魂》入修门(楚之城门),可见屈原发牢骚是嫉世而不是厌世。

(八)怀疑之精神　《诗》中不多见,楚辞中充分表现此种精神,如《天问》便是。以上都是《诗》《骚》不同的比较。

大概造成楚辞之原因:

(一)文学之演化　由三百篇到楚辞的时代,中间略莫经过三百年。文学自然的演进,由短句变为长句,由短篇变为长篇,也可说四言到了末运,楚辞乃代之而起。后来各代文学,都是由短篇而进到长篇。如词在唐与五代为小令,到宋时成为慢词。小说初起于唐代的,均属短篇,而宋、元之章回体,仍继短篇而起。曲之初起,为元代之杂剧,而长的传奇到后来才有的。(按有史诗之外国似不如此,但中国确是如此。)而且各种艺术之演进,均由切近人事的,而及于远违人世的。

(二)自然之影响　《诗》是北方的产物,楚辞是南方的作品。两者所受地理及环境的支配,也是显而易见的。因为南北所受自然界之待遇不同,所以北方人眼中的神,有威可畏,敬而远之。南方人眼中的神和悦可亲，狎而玩之。北方思想，总之不脱离日常生活，最把实际看得重。南方思想，总求其能超越乎实际，所谓极浪漫之能事。举个具体的例来说吧，北方人对于春天所举行的祷雨之祭为"雩"，雩之言吁也。关于秋天所颂咏，正如《七月》篇中所表现的"九月肃霜，十月涤场，朋酒斯飨，曰杀羔羊。跻彼公堂，称彼兕觥，万寿无疆"。这是因为春天播种以后，不知后来秋收之丰歉若何，所以悲叹。至于秋天逢到丰年，大家满载而归，总是应当欢天喜地的。这确是一般人的思想，尤其是注重实际生活的北方人的态度。然而遇到神经过敏、思想浪漫的楚人，则并不如此。遇着秋天草木零落，霜露凄惨，不免大兴悲秋之念。这倒是南方人的特别处。至于为南北思想之交接的人，要算庄子。庄周是宋人，他的哲学思想有一部分是北方的，但是他的文学，又近乎南方。《庄子》书中人名不见于他书，独多与楚辞上所用的相同。

（三）典籍　楚人承接殷人文化，藏储书籍甚多。似乎中原所有的，他们都有。他们所有的，中原还未必有呢！不用说，楚辞多少要受些《诗》的影响，《国语》中《楚语》引用《诗》的地方，凡三处：一是伍举引《大雅·灵台》之诗；二是白公引《小雅》"弗躬弗亲，庶民弗信"之句；三是左史引《大雅·抑》之诗。伍白左三人，都见过《诗经》的，以博闻强记的三闾大夫岂有未见《诗经》

之理。且屈子作品中，有"忽奔走以先后兮，及前王之踵武"。"奔走先后"，均见于《大雅》，而且楚辞用韵之分合，与《诗》是无大出入的。我们现在对于楚辞中有许多难索解之处，尤其是《天问》中关于人事的一部分，简直无法弄个明白。实由于我们所见的书多偏于儒家所记载的。当时孔子就很慨叹，夏礼、殷礼之不足征，而楚之左史倚相偏偏能读《三坟》《五典》《八索》《九丘》。至于《天问》中人名、地名等之不见于儒书中的，却可见之于《山海经》《吕氏春秋》《淮南子》等杂家书内。且中国古籍中叙吾国人种西来说的事实绝无，惟楚辞中尚可见这类痕迹。至晋代汲冢书中，发现《穆天子传》所说的，每与楚辞暗合。此由于殷人尚保存有民族西来之说，后乃传之楚人，所以能够叫楚辞中表现一种离奇异乎中原文学之大观。

（四）音乐之影响　音乐南北异趣，故《诗》中有"以雅以南"之言。雅为北音，南即是南音。当时南音到底如何，如今不得真传，大抵是宛转流丽，较之慷慨悲歌之北音不同。此种音，很令汉人赏识。项羽、刘邦，均能歌南音。还有汉武帝好听楚声，而不喜河间献王所献之雅乐，可见中原之音，远不及南音之悦耳。郑地僻近南方，故郑声便优美可听。故孔子说"郑声淫"，这个淫字等于衍字，即是缠绵靡曼的意思。诗歌与音乐几有不可离之关系。《史记》尚说"《诗》三百篇，孔子皆弦歌之"。南音一道，不惟汉之帝王公卿能唱，直到隋朝有个和尚，名道骞，也能楚声。可惜以后，便不得其传了，以致我们不能赏识这种"扬抱兮拊鼓，疏缓节兮安歌"的意味。

（五）屈原个人之遭遇　这一层更加不成问题。《史记·屈原列传》较长，此处不及征引，且略举班固《离骚赞序》的话："屈原初事怀王，甚见信任，同列上官大夫，妒害其宠，谗之王，王怒而疏屈原。屈原以忠信见疑，忧愁幽思，而作《离骚》。离，犹遭也，骚，忧也，明己遭忧作辞也。"关于屈子个人的身世，《史记·屈贾列传》前半也说得极明白。总之，他是一个极富有民族思想的楚之贵族，他是一个失败的政治家，同时他又是一个成功的文学家。我们很可以说屈原文学之成功，即是由于他政治上的失败。但是不是遇着屈子这样的天才，我们也无福欣赏这种伟大的作品。所以，刘彦和说："不有屈原，岂见《离骚》。"然而虽有屈平，假使他一帆风顺，不遇坎坷，我看他也未必就能作出《离骚》这等作品呵！

古代散文

　　《诗》出于歌谣，而散文出于语言。换言之，由歌谣而进化为《诗》，由语言而进化为散文。语言中亦有修辞作用，其目的是教人了解。所以语言发达之时，散文亦特别兴盛。古代最善于语言的人，不得不推战国时雄辩之士，及周、秦讲学之徒。于是可见散文发展之途径，约分二端：一为国与国相争，二为学派与学派相争。当时纵横家之流与诸子百家莫不欲以己之雄辩及学说，压倒异己之一切主张，所以使用散文为传播思想之利器，流传到而今的《战国策》与诸子学说，实为古代散文之上品。（从前人大抵以《诗经》为诗歌之始，《尚书》为散文之始。）以后如佛教输入中国之翻译散文，盛行一时，佛儒两家之争辩，亦产生不少散文。又如宋代与辽、金、西夏诸国发生和战献纳等纠纷的时候，散文亦极为盛行，这都是以证明以上所说的散文发展之二途径之不虚伪。因为散文不是文学的正宗（即等于说散文不是纯粹文学），所以此处不多讲了。

第四章

秦代文学

中国政局在秦代以前，从来没有统一过。到秦始皇二十六年（前二二一），一切分割的局面始归一统。因为从前政局分裂，于是思想与文学也随之而变化。单就秦代的文字来说，种类并不在少数。周代文字，约分三系，周室与同姓鲁国等成一系，其余诸侯在齐国附近的与齐国成一系，与楚国比邻的与楚国又成一系。其初尚无多大差别，到了周代晚年，楚人文字已令人不能认识。《说文》中所引用古文，多谓为孔子壁中书。此书为孔子后人所藏，亦可推知其为晚周文字。吴大澂也曾说过：凡金石文之不可识者，大抵为晚周文字。当时文字纷乱的情形，最好看《说文叙》上的话：

……其后诸侯力政，不统于王，恶礼乐之害己，而皆去其典籍，分为七国，田畴异亩，车涂异轨，律令异法，衣冠异制，言语异声，文字异形。

别的且不讲，现在中国各省言语，仍然异声，不过因为文字并不异形，实在是维系中国民族不分散的利器。这正是秦始皇帝的功劳。又看《说文叙》上，接着上段说："秦始皇帝初兼天下，丞相李斯乃奏同之，罢其不与秦文合者。"

《秦本纪》二十六年（前二二一）："一法度衡石丈尺，车同轨，书同文字。"

《李斯传》："更克画，平斗斛度量文章，布之天下，以树秦之名。"

后人动辄不满意于始皇之焚书，然而他的统一文字之功，是谁也不能否认的。

兹进一步来讲秦人的文学。

《秦风》为十五国风中之一种，可见秦代古时并不是没有诗的国家。现在所存的《秦风》，不过几首，但从这寥寥几首中，也可窥见秦人作品之一斑。

读到《小戎》《驷铁》等诗，颇能充分表现秦人刚劲的气概。可见秦国确是一个善用兵马的善战的国家。及读《蒹葭》等诗，那又是何等缠绵，何等温厚。可见秦代文学在孝公以前，已能从多方面去发展。这种西部好战的国民，真是兼有英雄气概与儿女柔情呵。

但是讲秦代文学是承继周代以后，不得不从秦始皇帝统一后讲起。当时文学究竟是种什么情形，实在是一个疑问。我们现在可以做以下之假定：

秦代统一以后，诗之发达与否不可知，然而不能证明没有诗，只可说已经佚失无存了。秦始皇晚年，不是明明教他手下的一班博士作《仙真人诗》吗？可惜现今一句也不能见。近人廖平说《仙真人诗》并未丧失，即今之楚辞，因为楚辞上颇多游仙的话。此说太荒诞，不足信。现在姑且舍诗不谈，只就流传至今的秦人文学来讲，不得不数到刻石一类。

当秦始皇帝二十八年至三十七年（前二一九至前二一〇），他外出巡狩，登泰山，南至于会稽，又到峄山、碣石、芝罘、琅邪台等地，到一处必要立一块石碑，歌颂皇帝的功德。确是当时实情。但这些碑文，不一定完全存留至今。

关于这类碑的作者，相传均出于当时客卿中最有学问的李斯，这话尚属可信。

至于这种碑文的体制，介乎《雅》《颂》之间。且举《峄山碑》为例：

"皇帝立国，维初在昔。嗣世称王，（韵）讨伐乱逆。威动四极，武义真方。（韵）"

除了《琅邪台刻石》是以两句为韵以外，其余的通是每句四字，三句一韵。这种文体很像周代召穆公、仲山甫、尹吉甫等赞美周宣王的武功的颂体，尤与记载宣王伐狁之虢季子白盘相近。从好的方面说，就是气象伟大，局度恢宏。然而文采却微近干燥，千篇一律。可见秦自统一以后，只以武功显著，而文学的遗产几乎没有。这究竟是什么原因呢？

秦本西方小国，周室东迁以后，把渭水南北之地让与秦人。秦人有《风》诗，时文风很盛。就是到了秦文公时代，也有十首诗，载在他初受封的信物上，即后世相传之石鼓文。这诗颇有相当价值，黄河文学发达的时候，也是秦人文学发达的时候。战国时文学发展的新方向，又转到长江流域。秦人并未受影响，且李斯为上蔡人，为什么不把他楚国很优美的文学，带到秦国去呢？在这里我们要明白秦代的国性。

秦人受封，从文公开始。强盛时代乃在孝公变法以后。秦国统一海内几个政治领袖，都是关东人。商鞅是卫国人，李斯是楚国人，与韩非同学，竟杀了韩非而采用他的策略。表面上看去有三个人，其实里面只有一个人。他们都是法家。凡文学发达时代，多带道家色彩。儒家讲礼乐与躬行实践，对于文学视为小道。即法家又为儒家的末流。他们所讲的是富强之道，所崇拜的是武人。至于文学者，简直不值他们一顾。韩非骂五蠹，商鞅薄六虱，《文心雕龙》说"五蠹六虱，严于秦令"。秦至孝公以后，掌权者尽是法家。在儒家手里，文学尚无发展之望，何况落在专讲功利主义的法家手里呢！这就是秦代文学不发达的最大原因。

但这只就士大夫方面来讲，至于民间文学如何，现在无作品流传，那就难于断定了。

至秦以后的所谓正统文学，多出于士大夫之手，而民间作家反退居于宾位，倒远不如周代风谣之保有真正价值呵！

第五章

汉代文学

总　论

我们说到汉代的文学，一定就会联想到汉赋。其后虽有五七言诗来代替了周朝四言诗的地位，然而此代文学量最多，而时间又占得很长，位置又比较重要的，不得不推到赋。

汉代传国的年代颇为长久，对于此代文学的分期，前人多分为西汉、东汉。其实政局的分合，有时并不影响于文学，如东汉初之文学，不见得与西汉末不相同。我现在要重新给它们分，共为四期：第一期由汉之开国到武帝；第二期由武帝至昭帝、宣帝；第三期由成帝到桓帝、灵帝；第四期献帝一朝，即世所传之建安。

先将每期的大概，约略说之。

第一期由开国到文、景之世，汉代文学尚没有正式成立，只得算为先秦与两汉文学的过渡时期。且汉高祖承秦人统一南北以后的局面，战国策士往往尚生存于世间，先秦思想尚占相当位置。南北思潮渐趋于调和之一途。文学方面渐入楚声。第二期孝武帝时罢黜百家之言，在思想界提高了儒家的权威。不过文学倒未受着儒家影响。此时为楚文学最盛行之时，无论皇帝、贵族与臣下，均有同一之嗜好。又由楚辞与纵横家杂糅而成为一种新文体，即著名的汉赋。可以司马相如为代表，东方朔、枚皋、严忌、朱买臣等附属之。第三期孝、成以后的文学，确实受了尊奉儒家的影响，一般文人专门从事模仿古人的作品，以扬雄为代表，直到蔡邕为止，如班固、张衡等人的作品，总跳不出前人的范围，把个性完全埋没下去。然而此期时间颇长。第四期到桓帝、灵帝末年，儒术又不足以笼罩一切，出了几个自由思想的作者，如孔融、杨修、祢衡等人。文学界亦大放光彩。赋体较从前解放，由浓密而疏散。至于五七言诗，亦于是时大盛，正式成立。实足为汉诗之代表时期。

第一期　由高祖至文、景

本期实为秦、汉之过渡时期，显然有下列几种趋向：

（一）先秦思想未泯　汉代初年在政治舞台而兼有学术权威

的人物，甚至有几位是秦代遗臣，如秦代倡设之博士制度（《汉书·百官公卿表》载"博士，秦官，掌通古今"）所遗留下的博士，如叔孙通、张苍之流。汉初朝仪且为叔孙通所手定。其他如陆贾、郦食其等，均是与秦代有关系的人。他们都很替汉朝出力，所以汉初思想尚有秦时遗迹。

（二）楚声尚盛　自汉高统一天下，楚声传入中原，且占有重要位置。因为楚人文学的煽动性很强烈，统一六国的虽是秦，后来灭秦的就是楚。当秦二世时揭举起义的，如陈涉、刘邦、项羽，都是产于楚地。项羽且是楚将项燕之后，以并兼六国不可一世之秦始皇帝，到了第二代便被几个楚人推翻。岂真由于"秦灭六国，楚最无罪"，何以又能"楚虽三户，亡秦必楚"呢？这不得不归功于屈原的伟大的爱国心所发生的，能鼓动民族性文学。当时一般战国策士，只有学术概念，毫无国家思想。只求一己的政见得以施行，不惜牺牲祖国，如商鞅、李斯都只是为秦人出力。至于屈原的国家思想非常深沉，宁死于汨罗，而不肯到别国去掌政权，所以这位爱国诗人所特倡的一种新文体，颇为楚、汉的几位开国英雄所崇信所仿效。拔山盖世的项羽被困垓下，所唱出的哀歌，正是楚声。刘邦得意还乡的时候，所唱的《大风歌》，也是楚调。《汉书·礼乐志》说："凡乐，乐其所生，礼不忘本。高祖乐楚声，故《房中乐》楚声也。"且汉高祖因欲立赵王如意未成功，而发牢骚的时候，向戚夫人说："为吾楚舞，吾为若楚歌。"其所传的楚歌，为四言形式，虽不大像，然既曰楚歌，当然是唱时用楚人的声调。此后汉朝的皇帝好楚声的颇不少。楚乐既传至北方，楚国文学亦渐及于北方，不惟南北文学构成一致，即南北思想亦因之调和。

（三）南北思想之调和　战国时各派学术门户之见甚深，这并非是学术之不幸。学术若不互立门户，是极不容易进步的。至汉以后，学术渐归于混合之途。（论到中国修辞学亦当以汉代为断。汉以前国与国争、学与学争，故言语修辞之风特甚。汉以后乃由语言之修辞，转而为文学上之修辞。）南北是可以交互影响的，如汉初的宗室刘交少时学《诗》于浮丘伯，及高祖定天下后受封于楚，又征申公去传《鲁诗》，这时学者已无南北之见。又如贾谊为洛阳少年，早岁学申、韩之术，从张苍受《左氏》，当其作《治安策》《过秦论》之时，尚不免策士的习气。及后入长沙，又作《吊屈原文》及《鵩鸟赋》，这也显然是以北人而受南方文学之熏陶的明证。晁错为人人所知之法家，而又从伏生受《书》。贾谊既已被《汉书·艺文志》列为儒家，而传中又说他通申、韩。这都足以证明当时学者，并不如古之成一家言，对于各派思想都混合不清。又如被吴王濞所招致的两位南方词人，枚乘、庄忌，后又往投北方梁孝王。这又显然是南人将词学传之北方的证据。总之，南北思想既已混合，文学也就不能独异了。高祖死后，惠帝享年最短。吕后当国，秩序紊乱，也谈不上什么文学。文帝好黄、老之术，与民休息。景帝又好申、韩之学，崇尚实际。这两朝文学都不发达。不过这两朝的贵族诸王，颇有几个为文人之保护者。如吴王濞、梁孝王武、淮南王安，都为一般词客荟萃之大本营。本来文学不受一切之左右，然实际上又不然。在昔专制时代，若有爱好文学之皇帝及贵族在上倡导，文学之进步更加显著。汉代收效最著时，乃为武帝之世。（又如后来唐以诗赋取士，宋以策论取士，故唐诗宋文颇为大观。）

第二期 武帝至昭、宣

　　两汉文学有两个最盛时期，第一是在汉代最强盛之时，即武帝在位，第二是在汉代最扰乱之时，即建安。前者可比周宣王时代，后者可比周幽王、厉王时代。文学产生的时期，大率如此。汉代当武帝时，国力充实，文治武功均有相当成绩。他又做了皇帝，心里想要做的事，都可以随意做去。他对于中国学术界有极大的影响，就是尊崇儒术这件事。武帝设立五经博士，于是从博士求学的很多，名曰博士弟子。当时董仲舒上书请尊经术，罢黜百家。公孙弘亦请定儒术于一纬。武帝先后都采用他们的意见。在武帝的原意，或者是想尊崇儒术，但从他罢黜百家之后，各种学派自由讨论之风因之消歇，而儒术并不见昌明，反见黑暗。正如欧洲中世纪僧侣为学术界之至尊时，各样思想均被摧残。汉武帝时期即是中国之中世纪。秦始皇对学术用高压手段，焚书坑儒，但学术并不因之而式微。至汉武帝转用一种软化手段，罢黜百家，学术乃真因之而消歇。自从武帝立了博士之后，学术界产生了一种师法，换句话说，学术界即产生了一种极端的传统思想，对于老师所说的话，只有无条件的承受，而且无讨论之余地。举《诗经》的《关雎》为例吧，你若从古文家言，就以此诗为美文王的。你若从今文家言，就以此诗为刺康王的。至于此诗本来面目，是用不着多问。总之，专讲师法的人，对于学问只讲信不信，不问是不是，简直近于一种宗教家的态度。因为学术尊信师法之影响，乃开了文学因袭之风气。

再谈到当时的文学，武帝对于楚辞的爱好极深。汉志有上所自造赋二篇。他自己所作的《秋风辞》《瓠子歌》《悼李夫人赋》，哀怨缠绵，一望而知其脱胎于楚声。他又使淮南王安为《离骚》作传，他又创立新乐府，使李延年为协律都尉，以集秦、楚代赵之大成。当时有河间献王献上雅乐，武帝却不愿听。他最喜听的，还是楚声。可见尊儒，是他的一种手段，而好楚声，才是他的真心。他收罗当时一般词客，最著的，如司马相如、枚皋、东方朔、庄忌、朱买臣、吾丘寿王等，内中当以司马相如为代表。

司马相如与汉赋

司马相如，字长卿，四川成都人。他的思想极其复杂。（一）儒家思想。自文翁入蜀，蜀地之士，彬彬有文，相如少时，又从胡安受经。（二）纵横家思想。他曾奉使西南夷，又作《谕巴蜀檄》与《难蜀父老》等文。（三）道家及神仙家思想。他所作的《大人赋》，颇近于《庄子》之《逍遥游》。（四）辞赋家思想。他受楚辞影响最深，颇得楚人之恢诡。在他的文学作品内，还找不出多大的儒家痕迹出来。可见文学家之所以为文学家的条件，并不简单。他自己曾说过："赋家之心，苞括宇宙，总览人物。"论到作赋，后人盛称马、扬。司马相如实为赋之倡始者。什么叫作赋呢？《汉书·艺文志》把赋分作四类：（一）荀卿赋。（二）陆贾赋。（三）屈原赋。（四）杂赋。惟陆贾赋已佚不可考，荀子之赋如瘦词隐语，读来犹如教人猜谜。屈原之赋，即楚辞。世人每以赋为六义之一种，但汉人之赋，与六义之赋，广狭不同。后者与"比""兴"对待而言，前者可以包括六义在内。可见周之诗、楚之骚、汉之赋，就广义说来，实在是一件东西，都可名之曰诗。《两都赋序》："赋者，古诗之流也。"《文心雕龙·诠赋篇》说："赋也者，受命于诗人，拓宇于楚辞也。"可见诗一变至于骚，骚一变至于赋。这是毫无疑义的。

作赋能手在汉代，必以司马相如为第一人，与他同时的一般词客邹阳，是不善作赋的。庄忌的《哀时命》出于楚辞，枚乘作的《七发》最工，但不长于作赋。东方朔也只模仿《九章》而已。独相如与众不同。请看扬雄批评的话："使孔门用赋也，则贾谊升堂，相如入室矣。"又说："长卿赋不似从人间来，其神化所至耶！"可谓极推尊之能事了。

相如赋之最有名者，为《子虚》《上林》《大人》《长门》等篇，略举两篇的内容。《子虚赋》，讲的是楚使者子虚，到齐国来遇乌有先生。子虚说齐国好，乌有先生又说楚国好。《上林赋》讲的是亡是公夸天子上林之盛。

赋之特点约分四种：（一）想象丰富；（二）藻采夸饰；（三）侈陈形势；（四）抑客伸主。由以上四节，就可以推到赋体之来源，想象与藻采两样，是从楚辞来的。侈陈形势与抑客伸主，又是从纵横家而来的。由楚辞与纵横家言，结婚所产生的儿子，就是赋。

自相如辈开了作赋的风气，影响于文坛甚大。以后作文的趋势，略举如下：

（一）为文识字　汉赋虽似堆垛，然而一篇要凑许多不同的字形和字义，也并不是件容易事。所以汉代赋家，多兼为小学家。如相如作《凡将篇》为汉代最早的一部字学书。扬雄作《训纂篇》。班固又续作十三章。此风至唐代韩愈尚能保存。他曾说"为文必须略识字"，自宋代欧阳修以下，作文便不大讲求识字了。

（二）为文造情　堂哉皇哉的一大篇赋中，所包含的内容实在简单得很。虽然经他们铺张扬厉地叙述起来，也不过是一个空架子。因为他们并不是先有情感才去写文章，是立意写文章而造作感情的。扬雄说过"词人之赋丽以淫"，这却是汉赋的坏处。

（三）复笔　这层颇能影响及后来的文体。汉代单笔的大成，推《史记》。复笔开山，推辞赋。自从昭、宣以后，复笔的文学，于是日多一日了。

自武帝以后，历昭帝、宣帝、元帝、成帝的赋家，均不能逃出司马相如之外，去另外辟一种新境界，所以不缕述了。但此时又有散文盛行于世，即章奏、对策等类文体。是形式用的是复笔，而内容则取决于经术，每篇之末，必引经语。此派最著的有匡衡、谷永、刘向等人，可说他们是以文人而兼为儒生的。

第三期　成帝、哀帝至桓、灵

在汉代文学所分之四期中，以此期为最长。然此期文化的变化却很少，且文学有时并不因政局改变而变迁。虽说两汉建都的地方不同，而此期实并跨两汉而有之。至成、哀时，模仿的文学大盛，而模拟文学之倡始人为扬雄。扬雄也是四川人，不只是文学家，且兼为儒家与小学家。从扬雄以后，直到蔡邕为止，一般文人都拼命地模仿古人，后来的人且又模仿扬雄。这一期的文士，均出于儒家之流。现在将此期模拟的文学列表如次：

两汉模仿文学一览表

周	西汉	东汉
《周易》	《太玄》扬雄	
《颂》	《赵充国颂》扬雄	
《论语》	《法言》扬雄	
《尔雅》	《方言》扬雄	
《仓颉篇》秦	《凡将篇》司马相如	《十三章》班固续
	《训纂篇》扬雄	
《虞箴》	《州箴》扬雄	
	《二十五官箴》扬雄	
《离骚》	《反离骚》扬雄	
	《广骚》	
《九章》	《畔牢愁》扬雄	《幽通赋》班固
	《子虚赋》相如　《羽猎赋》扬雄	《思玄赋》张衡　《显志赋》冯衍
	《上林赋》相如　《长杨赋》扬雄	《两都赋》班固　《二京赋》张衡
《渔父》《卜居》？	《答客难》东方朔	《答宾戏》班固　《达旨》崔骃
	《解难》扬雄　《解嘲》扬雄	
	《剧秦美新》扬雄	《应间》张衡　《释诲》留蔡
	《封禅书》司马相如	《典引》班固
《储说》韩非	《连珠》扬雄	
《召魂》	《七发》枚乘	

以上不过略举数例而已，然而可见此期模仿风气之一斑了。

可见由西汉末年到东汉末年的文学界概况，约得以下诸端：

（一）论文总以司马相如及扬雄为依归，决难逃出他们两人范围之外。

（二）词采壮密，差不多这一期的每个作家均如此。

（三）绝少新体，大家以模仿为风，尚没有人肯倡造一种新文体来。

这期的文人以扬雄、崔骃、傅毅、张衡、李尤、杜笃、蔡邕为最著名。

第四期　建安

本期为汉代文学转变的大枢纽，较之从前几个时期真是光芒万丈。大约有以下几个原因：（一）许多文人很不幸！迭遭前代党锢的牵连，黄巾贼的丧乱，以及十常侍与董卓等之叛变，死亡的不在少数，所以后来一般文人竟至失去常度；（二）自武帝尊崇儒术以后，学术界因袭成风，思想亦沉闷异常。一方面儒学的末流弊端发生，一方面是经不住束缚的思想穷极则变，不得不另自寻觅一种新的趋势。西汉经术完全注重师法，到了东汉偏偏有一位王充，对于传统思想甚为怀疑，作了一部《论衡》，对于当时一般人所尊仰的大肆攻击。（不过注意：这种"怪议论"的人当时并不多见。后来蔡邕虽以枕中秘宝视之，但他的文学完全是属于传统派。）又如建安时之孔融、祢衡、杨修，都是王充思想的后继者。他们均能毫无顾忌地反抗那种时代的虚伪思想，儒家就是他们攻击的大对象。以后到正始时，道家学说大盛，谈玄的风气通行一时，孔、祢诸人实有发难的功绩。

此时文学最显著的变化，有三种：（一）为赋之作风改变；（二）为五七言诗之昌盛与正式成立；（三）为文学批评态度之鲜明。

西汉赋，词采壮密，到了此时渐变疏散。就内容来说，从前文人作赋，不免有由文生情之弊，此时作赋的文人，却能顾到由情生文。这一点就形式上来说，西汉的赋，多为问答体，富于散文气息。到了此时，竟由散文的赋，而进乎到富有诗趣的赋了。如王粲的《登楼赋》等，用来与司马相如的对看，极容易看出他们很显著的分别。

以下再谈五七言诗起源的问题。

五言诗之起源

五言诗，是指纯粹的一篇中每句都是用五个字的诗。至于《诗》《骚》中夹有五字句的，当然不算。《文心雕龙》《诗品》所说的五言诗之起源，不是无根据，便是只抽全诗中一二句以为代表。大约承认五言诗起源于汉代的人最多。有人如举出李陵、苏武赠答诗，则五言在武帝时早已正式成立。有人又说枚乘曾作五言诗。如果属实，则五言诗乃成立于文景之世。不过这两说，都有种种商榷之余地。

《文选》中又载有古诗十九首。所谓古诗者，即是南北朝人加给汉代无名氏文人所遗留下作品的名字。究竟作这些诗的是些什么人，昭明他也弄不大清楚，好像说不免从前有这十九首古诗罢了。到了刘勰的时候，他相信某种传说，将古诗的一部分归到枚乘、傅毅的名下。他说："古诗佳丽，或称枚叔，其《孤竹》一篇，则傅毅之词。"然而他还不能肯定，不过或者有这一说罢了。以后到了徐陵，选《玉台新咏》的时候，取了十九首中的八首，又另外寻一首，硬派为枚乘所作。说来真奇怪，在昭明太子时候，完全不知古诗为谁人所作。刘彦和却相信一种传说，到了徐陵的时候，他竟能分得清清楚楚枚乘作的，是哪几首。从前人不知道的，愈到后来愈知道。而且钟嵘在他的《诗品》上明明说过"自王、扬、枚、马之徒，词赋竞爽，而吟咏靡闻"，可见钟嵘还不承认辞赋家枚乘能够作出那种古诗呢，不知徐陵究竟是有什么根据。

回头再来谈苏、李诗。苏武诗最初见于《文选》，但《诗品》上只载李陵之作。再就这几首诗的内容来看，不知身在匈奴的人，何以能"俯观江汉流"？他们两人同居匈奴十余年，不知怎样会说出"三载为千秋"的话来？在逐水草而居的匈奴，何处去寻"河梁"来？且从《史记》以下，修史旧例，凡文人重要作品，必采录他本人的传内,何以班固之《汉书》,对于世所传颂之苏、李赠别诗,并未收入他们二人的本传内,而且毫未提及一字?不过在《苏武传》内,倒载了一首李陵送别苏武的诗,乃楚调,而非五言。原文如下:"径万里兮度沙漠,为君将兮奋匈奴。路穷绝兮矢刃摧,士众灭兮名已隤。老母已死,虽欲报恩将安归?"这才真像一种失败的英雄口吻,与相传的李陵所作的五言诗的婉转风趣,完全两样。

每一种新文体发生到另外的一种新文体,其中必有过渡的作品,如楚辞之前有《沧浪歌》《接舆歌》,慢词之前有小令,传奇之前有杂剧。若谓汉初的五言就有那样的整练与繁盛,不知拿什么东西来做过渡时代的作品。只看汉前的作品,三百篇有二言至八言,内中以四言为最多。楚辞句调较为参差。《诗》《骚》用韵均极复杂,何以骤然到了汉初的五言,它的形式就有那么整齐,而且是通篇二句一韵?这种变化,未免太速。

假使承认五言到汉武时,就很兴盛。一方面寻不出《诗》《骚》进步到五言诗之过渡作品,而且由武帝或文帝到建安的时代中间经过百余年,为什么又没有产生什么伟大的作家与作品?真如钟嵘所说:"东京二百载中惟有班固《咏史》,质木无文。"一种文体大半始盛中衰,或是始微中盛,谈到五言,若汉初就有那种作品,不知为什么骤然绝灭,中间经过百余年,忽然又盛行起来,而且和开始时又是一样。

总之，十九首及苏、李赠答诗的作者，现在实无从考证。不过时代决不在西汉，至早也在东汉，为建安一般作者的先声，或竟为建安同时人所作，也未可知。对于这层，钟嵘也曾致疑。他说："其外'去者日以疏'四十五首，虽多哀怨，颇为总杂。旧疑是建安中曹、王所制。""去者日以疏"，明载在十九首之内，钟氏竟疑为建安时代人所作，这也足以证明此等五言诗之产生时代，大致在建安以前不久，或竟出于建安时代。

但在建安以前，不能说没有诗。由楚声而进为五言，中间必定有些过渡时代的作品，现在略举几首，以见一斑。

《汉书·吕后传》戚夫人《春歌》："子为王，母为虏，终日舂薄暮，常与死为伍，相离三千里，当谁使告汝。"

《汉书·李夫人传》李延年歌："北方有佳人，绝世而独立。一顾倾人城，再顾倾人国，宁不知倾城与倾国，佳人难再得。"

《汉书·杨恽传》《田歌》："田彼南山，芜秽不知。种一顷豆，落而为萁。人生行乐耳，须富贵何时？"

《汉书·五行志》成帝时童谣："邪径败良田，谗口乱善人。桂树华不实，黄爵巢其颠。故为人所羡，今为人所怜。"

以上所引，除童谣外，均是杂言，但皆以五言为主体。至班固作《咏史》、傅毅作《孤竹篇》、张衡作《同声歌》，到了明帝、章帝以后，五言诗乃渐次盛行，到了建安时代，更加美备了。

建安诗人以曹植、王粲、刘桢为最佳,再把王、刘二人,加上孔融、应场、阮瑀、陈琳、徐干,称为"建安七子"。他们的诗风,大约分二大派,曹植为宽和一派的首领,王粲为清劲一派的首领。

七言诗之成立

《诗经》的句子,从二言直到九言均用。七言的句子,如"交交黄鸟止于桑""如彼筑室于道谋",这样看来,七言起源甚早。又如刘邦的《大风歌》、项羽的《垓下歌》,也是七言。可见七言即非起源于周,至迟也起源于汉初。不过这里所讲的七言,有以下两个标准:(一)全篇句调,参差之中夹有几句七言的不算;(二)句中因为用了语助词,始凑成七言的也不算。如《太平御览》引《离骚》,常把"兮"字去掉,七字句便成了六字句。所以我们讲七言,也不须从《诗经》或《大风》《垓下》等歌讲起。

通篇纯粹的七言诗,究竟起于何时呢?颇不易说。《汉书·东方朔传》,颜师古引晋灼注,谓东方朔曾作过七言诗与八言诗,但是而今失传。至于较早的唐山夫人《安世房中歌》,只有两句是七言,即"大海荡荡水所归,高贤愉愉民所怀"。司马相如曾作《郊祀歌》十九首,只有"空桑琴瑟结信成"以下十句完全是七字。以上所举的或已散失,或不是纯粹的七言诗,都不能算作七言诗正式成立之确证。

纯粹七言诗的成立,从前人都承认在汉武帝时代,以柏梁台联句为根据。此诗既为七言之祖,又为联句之始,在文学史上又开了一种新的体例。不过此诗的真实性,早已成为问题,虽说自来相信这诗是真的的人也不少。此诗最早被文人提起的时候,是在晋人挚虞的《文章流别论》。(此书已佚,颜延年《庭诰》曾引之。)此诗全文最初见于宋敏求《长安志·柏梁台》下引辛氏《三秦记》。到了六朝宋武帝时,有华林园曲水联句。梁武帝又有《清暑殿效柏梁体》。可见此诗即属伪造,定在宋代以前。《三秦记》为晋人所作,则此诗在晋代已成立了。至于此诗的时代不可信,在王应麟的《困学纪闻》中,也曾经怀疑过。然语焉不详。顾亭林在他的《日知录》二十一,曾如此怀疑过:柏梁台联句下注作于元封三年(前一〇八),按当时梁孝王早已死去,二十九年又何从而来作诗。至于这诗中所见的官名,在武帝时,或尚未产生,或早已裁去,许多是太初以后的名字,不应预先书于元封之时。"盖是后人拟作,剽取武帝以来官名,及《梁孝王世家》乘舆驷马之事以合之,而不悟时代之乖舛也。"但最近有一位日本人叫铃木虎雄,在他的《中国文学研究》中,替柏梁台联句的时代辩护,他说宋敏求所引晋人辛氏《三秦记》,无元封三年及梁孝王的名字,但称梁王。最初认此梁王比梁孝王的为章樵之《古文苑》注。最初引此诗有元封三年的年岁的为欧阳询之《艺文类聚》。他们都是作《三秦记》以后的人,自然不如《三秦记》之可靠。若说官名尽属于汉太初以后的名字,安知此诗不是作于太初以后。不过他这一说，未尝无几分理由。但《三秦记》原书不可见，又安知不是宋敏求之引书而略去年号。欧阳询是唐初人，《艺文类聚》乃成于隋代，他引元封三年必有所根据。还有几层原因，可以证此诗之时代有问题：（一）五言诗此时尚未正式成立，何以便能产生这般整齐划一的七言诗。（二）再以此诗的语句用来做驳斥的资料，当时作诗的官虽说都在"二千石"以上的俸禄，然而皇帝之尊严，毕竟不可忽视。"三辅盗贼天下危"，我不相信"左冯翊盛宣"胆敢在柏梁台初成之日而说出这样大煞风景的话来。何况元封三年三辅尚未成立呢？至于京兆尹所说的"外家公主不可治"，也未免太犯皇室的忌讳了，未必他敢在皇帝当面讲这样的话。郭舍人的"啮妃女唇甘如饴"，此等猥亵的话何以也竟敢在至尊面前轻轻道了，真不可解。从以上种种看来，这诗恐为后人伪托。即便在汉代就有这篇东西，也断不是汉武帝君臣所作的。

但此诗的来源，现在也未尝不可以窥测一大部分。这是后人戏仿汉代字书而作成的。汉代字书分两派：一为四言，如《仓颉篇》，但已遗失。《说文序》引有"幼子承诏"。可见近来新疆出土之汉简有《仓颉篇》，遗文亦多四字句者。次为七言，如相如之《凡将篇》，《艺文类聚》中曾引过。如史游之《急就篇》，全书分为三十一章，各以类相从。这第二派的字书，每句七字，而七个字都是名词的地方又很多。再回头来看柏梁台联句，如大匠之"柱枅欂栌相枝持",太官令之"枇杷橘栗桃李梅"。请问这种一串名词相联的句子,不是显然脱胎于字书吗?而且每人作了一句恰合本人身份的话,这也是受了字书以类相从的影响。到了后来作诗一句尽用名词的,尚有唐代之韩愈。而韩愈曾说过:凡为文辞,宜略识字。越到后来的文人,便越不讲求识字了。

说来说去,真正配称为七言诗的,究竟起于何时呢?张衡虽然有《四愁诗》,是七言,但去了语助词的"兮"字以后,首句只得六字。陈琳的《饮马长城窟行》虽为七言,而句调参差不齐。若要举出一首纯粹的七言诗,当推张衡《思玄赋》后面所附的《思玄诗》:"天长地久岁不留,俟河之清只怀忧。安得远度以自娱,上下无常穷六区。"但此诗是专门拿来发表他的玄想。若论纯粹抒情的七言,却又当推魏文帝之《燕歌行》,其词如下:

> 秋风萧瑟天气凉,草木摇落露为霜。
> 群燕辞归雁南翔,念君客游多思肠。
> 慊慊思归恋故乡,君何淹留寄他方。
> 贱妾茕茕守空房,忧来思君不敢忘。
> 不觉泪下沾衣裳。
> 援琴鸣弦发清商,短歌微吟不能长。
> 明月皎皎照我床,星汉西流夜未央。

牵牛织女遥相望，尔独何辜限河梁。

文学批评之始

必先有文学作品，然后有文学批评，而且批评家之多寡，每与同时作家成正比例。六朝文学家，以齐、梁为最盛，而当时就有《文心》《诗品》二书。唐朝人作了许多好诗，到宋朝又有一般人拼命做诗话。因为建安的作家，"人人自谓为握灵蛇之珠，家家自谓抱荆山之玉"，不惟文采纷华，即数目亦大有可观，如《魏志·王粲传》中，所收同时文人有二十余家之多。

前乎此的文学批评，只有零碎的意见，间或附在一本书或一篇文章之内，断不能独立成篇，如扬雄在他的《法言》中，也曾说过"诗人之赋丽以则，词人之赋丽以淫"等话。但专为批评文学而作出长篇大论的，实从建安开始，如曹丕之《典论·论文》，曹植《与杨德祖书》，杨德祖《答临淄侯笺》，尤脍炙人口，以后还有"应玚《文论》，陆机《文赋》，仲洽《流别》，弘范《翰林》"。现在原文或在或不存，不及一一细论。且举建安中曹、杨为代表，看当时文学批评的标准及趋势。

（一）文人之地位　关于文学能否独立，文人是否尊贵的问题，当时显然有二派不同的意见：

甲、耻为文人　这是传统的思想，不料长于文学的曹植反不自安于文士的本分。他斥"辞赋为小道，固未足以揄扬大义，彰示来世"。他很想"戮力上国，流惠下民，建永世之业，流金石之功"，决不"以翰墨为勋绩，辞赋为君子"。他又赞成扬雄以辞赋为"童子雕虫篆刻，壮夫不为"。其实他的话很像在打官腔，既不认识文学之本来价值，又中了烂名士说大话的毛病，反不若他的大哥说了几句中肯的话。

乙、文士不朽　曹丕颇能认识文学的独立价值，他承认"文章，经国之大业，不朽之盛事，年寿有时而尽，荣乐止乎其身。二者必至之常期，未若文章之无穷"。他把文学的永久性真发挥得尽致。

此外，还有杨修比较是个调和派。他想援古以自重，他以为"今之赋颂，古诗之流。不更孔公，风雅无别"。他又痛驳曹植之述他那位"老不晓事"的"鄙宗之过言"。他是赞成曹丕说的话的。

（二）文家之得失　这层最难得到一个公平的标准，以为评判的根据。至于"文非一体，鲜能备善"，也是实情。所以在曹氏兄弟眼中，建安七子都有可取之点，亦皆有可议之处。究竟还是免不掉"自古而然"之"文人相轻"之习。此如曹丕评孔融"不能持论，理不胜词"，而今看来，适得其反。孔文举生前的文章，最爱同曹操辩驳，理由充足得很。曹丕评他"不能持论"，不能不谓之为偏见。

（三）天才之重视　在建安以前，论文者多本后天之说，多谓文学因时代与个人环境所造成，最著的，如司马迁之《报任安书》

说"《诗》三百篇,大底圣贤发愤之所为作"等语。到了太康时,谢灵运《拟邺中八咏诗》,每诗之前,有一小叙,完全是发挥文学是由环境造成之说。后来《诗品》采用这种论调。钟嵘论到相传之李陵诗时,他以为李陵若不遭失败,其诗必不至如此之好。但在建安时论文的,以先天说最占势力,如曹丕说:"文以气为主,气之清浊有体,不可力强而致。……至于引气不齐,巧拙有素,虽在父兄,不能以移子弟。"他这里头说的气,即是指才性。他常常应用他的这个"气"字来评判当时文人,如说孔融"体气高妙",论徐干"时有齐气",称刘桢"时有逸气",刘桢又评孔融说他"孔氏卓卓,信含异气"。直到刘勰也曾引用这个"气"字以评建安时人。《文心雕龙·体性篇》说:"仲宣躁锐,故颖出而才果。公干气褊,故言壮而情骇。"他们都是偏于注意天才一方面的文艺批评家。

两汉之散文

汉代的正宗文学从前人都承认是赋体,然而散文却占有相当的地位。汉代散文家,或工于章奏,或长于议论,或专精于史传。

总之，叙事文在汉代所发生的影响实在较哲理文所发生的为更大，而文格又每随时代而变迁。所以讲到汉代的散文，当以昭、宣时代为枢纽。可分为前后二期：

就内容方面来说，前期散文作家，如贾谊、贾山、晁错、司马迁等人，思想多半杂糅诸子百家，而表现的方式大都用单笔，可举《史记》为代表。后期作者，如谷永、匡衡、刘向、班固等人的思想纯粹属于儒家。而发表的方式，大都用复笔，可举《汉书》为代表。后人谈到文体，每以散文、骈文并称，以为两句对比为骈文，单笔直下为散文。然而分别得不完全。于是清代李兆洛，选了一部《骈体文钞》，收罗了许多汉代的散文，可见骈体不一定要对偶。不若以单笔、复笔区分文体。如《史记》中十分之九都用的是单笔句调，参差不齐，可以随意变化。《汉书》复笔最多，句调整齐，少有伸缩的余地。自从东汉以后，复笔盛行，一时《汉书》公然有代《史记》而兴之趋势。直到唐代中叶以后，文风又恢复到单笔的时代。本来《史记》和《汉书》是两部史书，不过古代中国文史不大分得清楚，尽管是一部记载人类活动的事迹的历史，总得有史家卖他的气力大做其文章，而且从前人学作散文的，也以此二书为规范，而后世文人对于《史》《汉》二书之推尊不同，亦即单笔与复笔交相交替之朕兆。

若以作史的体例来做论断的根据，则《史记》实不如《汉书》。

若用文学的眼光来评断，则《汉书》远不如《史记》。与其说司马迁是一个史学家，还不如承认他是一个文学家，是汉代的唯一的散文作家，更为恰当。

司马迁对于他当时流行而且被人推尊的赋流传于今的只有两篇，短的而且做得不见高明，但他的叙事文，实在是古来第一能手，不仅是汉代的第一作手。其实，《史记》上的文章多半采录前人已成之文，他自己动笔作的并不多。他的最大本领，就是将杂七杂八的材料，一经剪裁之后，便成绝妙的文学，正所谓"化腐朽为神奇"，这不能不佩服他的艺术手腕之高妙。举例来说吧，《史记》之《刺客列传》，写虎虎有生气的荆轲，十之八九是取材于《战国策》，十之二三是他的穿插。如《国策》上叙述得很略的高渐离在《史记》上便成了一个比较重要的角色，又添了一个鲁勾践，便觉有无穷意味。再举项羽来说吧，这位英雄在司马迁笔下是如何的豪迈不可一世，而转到班固的书中简直变成了一个呆子。在《史记》上本来是一些生龙活虎般的人物，只要一上了《汉书》，便成奄奄待毙之病夫。又如《汉书》中之《王莽传》，却是不可多得的文章。就是因为这篇很带有《史记·封禅书》的神味呵。以叙事文来论，用单笔方能尽曲折回旋之能事。司马迁叙事不怕头绪纷繁，惟其头绪多，更能显出他的本领。有时遇着头绪不一定有安插，竟至突如其来。后人学《史记》遇见此等处，便弄到手脚慌乱，招架不住了。曾国藩曾说过，古文不能说理。但司马迁用他的一支笔，什么话都不拘。无论叙事析理，不管粗语细语，都在他的炉灶中陶冶成一片。后来清代桐城派的文人，口口声声讲学《史记》，其实他们顶高不过学得欧阳修而已。真能学《史记》的，恐怕正是《水浒传》的作者。金圣叹的批评是不错的。

但是《史记》在当时的命运，则远不及《汉书》。一般文人大半是用复笔发表意见。他们是受了汉武帝爱好楚辞，并提倡赋的影响，一直到六朝。《汉书》几成家弦户诵。且有人专门研究《汉书》，成为一种专门学问，名曰"汉学"。正如唐朝人之研究《文选》成为"选学"一样，隋代刘臻专精于《汉书》，被人称为"汉圣"。可见当时人崇拜《汉书》狂热之一斑。到了中唐元和的时候，出了一位韩愈，才改革了六朝人专用复笔的文风，推崇单笔。于是《史记》又代替了《汉书》优越的地位，以后直到清代为止。作散文的多以《史记》为主体，而《汉书》不过居于附属的地位而已。根据以下两表，即可见由汉至唐，一般文人对于《史》《汉》的态度。

书　名	时　间	为《史记》作注者	为《汉书》作注者
《隋书·经籍志》	魏晋至隋	三　家	十七家
《新唐书·艺文志》	隋至中唐	十一家	九　家

可见《史》《汉》的兴替与升降，即后来复笔单笔的兴替和升降。

第六章 魏晋文学

总　论

　　为什么把魏晋两朝放在一起讲呢？因为两代的思潮相似的处所很多。文学的变化，在两朝之间，也无显著的痕迹，且魏代享年太暂，司马氏改元以后，仍然定都洛阳，因袭前代之处不少。所以放在一处讲，是很便利的。总之，这两朝的思想，较汉代解放得多，文学自然也不同。

　　讲到魏代初年文学，那时所仅存的文人，多系建安遗老。真正属于魏代的文学，须从魏废帝正始时讲起。应当注意以下诸点：

　　（一）玄风之兴起　正始以后儒家势力一落千丈，老、庄之学大盛，于是由讲求实用之儒家学说，而变为推求宇宙本体之玄学风气。当时提倡玄学最力的有王弼、何晏、夏侯玄等人。（不过王弼后来死得很早,何、夏亦因祸亡身。)玄学本出于道家,道家之祖老子每被人拉得与另一人并称,如西汉时黄帝与老子同享盛名,这是一种政治作用。到后来应用于人生哲学方面,又以老子、庄子合讲。最矛盾的地方,是王、何这一班人心中,十分佩服道家,但只谈老、庄,又恐被儒家看不起,于是又将道儒穿凿附会起来。如王弼既注《老子》,同时又注《周易》,他的最有力的主张,就是"有生于无"。究其实,不惟儒道迥不相谋,即老子、庄子严格说来,也并不同道。老子重入世,所求惟用,故其末流每变成阴谋家;庄子重遗世,不大求用,但只求全,故其末流最易变成个人主义者。魏、晋时一般清谈之士,真正崇拜的还是庄子,不过扯老子作为幌子而已。又如王坦之最厌恶清谈之士,作了一篇《废庄论》以攻击庄子,但他同时又替老子辩护。

(二)佛法渐入中土　这个时候学术既未定于一尊,自然各家学说同时找着发展的机会,佛教徒也不免乘势大肆活动。最先也是与中国固有的思想附会起来说法。佛教究竟何时输入中国?大多数都承认当汉明帝时,但恐不尽然,西汉张骞通西域时,或者佛法即由西域来汉,只留心看西汉人所造的铜镜,有刻作一神二侍者,颇与佛教造像制度相似,惟此时佛教书籍尚未翻成中文罢了。东汉人最初读佛理,又以老子、释迦并称,当时人民颇不大欢迎这种外来的宗教。牟融乃作《理惑论》说明老子与释迦的相似处,以抬高佛菩萨的价值，但学佛的人正式出家做和尚，乃在魏文帝黄初时。为佛教建塔，始自吴大帝。至于佛教经典的传播，似乎很早，今世有汉明帝教摩腾译的《四十二章经》，但是此经恐是六朝人伪托。不过到晋代却是大盛，如苻秦有鸠摩罗什带了许多经书入中国。在石赵有佛图澄传入密宗一派。魏晋间高僧颇多，如道安及其徒慧远等人。据吴士鉴《补晋书经籍志》所载，当时译经者竟有一百四十一家之多。

（三）人世之逃避　自从正始以后，直到东晋亡国为止，内忧外患，相逼而来，当时一般文人眼见神州陆沉，人民涂炭，觉得世界上竟无一块干净土地，惟有人人心中，尚有净土存在。在尘寰中既然找不着安慰，于是神游于虚构的境界，能虚构之境界又太觉空虚，于是不得不另外寻出一种实际的情况用来做代表。于是乎他们不得不醉心于大自然界，而模山范水之风气为之一盛。阮籍自是此中健者，常常登山玩水，乐而忘返，到了穷途恸哭而归。又如孙绰游天台山，谢安高卧东山又泛沧海，王羲之晚年几乎专门以游眺为事，当时不惟士大夫如此，即方外道流，亦富游兴，如庐山诸道人曾游石门，不惟男子如此，即深居简出之女子亦相习成风，如谢道蕴有很有名的《登山诗》。是时文学发展的途径，又去到一种新方向，就是山水文学之兴起。

山水诗古已有之。但是《诗经》所有的，只能用到叠字为止，如"岩岩""洋洋"之类。楚辞间或有秀句。汉人作赋，写其山则如何如何，其水则如何如何，都用骈字堆叠而成，完全不注重山水个性之描写。直到建安曹操始有《碣石》诗："水何澹澹，山岛竦峙……"然而他的登山，乃属出征时的便道，非专为欣赏而去。到正始后，一般游山玩水的文士，对于一丘一壑，也极刻画之能事，如孙绰的"赤城霞起而建标，瀑布飞流而界道"，读后真的天台山恍然就在眼前。可见《文心雕龙》所说的"宋初文咏，体有因革，庄、老告退，而山水方滋"，把时代又迟延下去，殊觉不尽然的。

（四）文士之惨变　因政局的转变不定，人心的惶恐无主，自然难免于引起神经极敏锐之文士之不满。因不满意于当代的一切，而风流自放，逃玄入佛，又因思想行动之不能与因袭社会合拍，更易遭逢不幸。故晋代文士之祸，是极惨酷的，阮籍酗酒烂醉，仅免于死，如嵇康、刘琨、郭璞、潘岳、石崇、二陆都是不保首领而没。此时文人竟有十之六七遭横死，这究竟是什么缘故呢？自魏武帝定下用人标准，重才而轻德，不仁与不孝的人他都可以收用，世风日渐卑靡。从好的方面说，是能打破因袭思想之束缚，而各展所长；从坏的方面说，不免有些小人因缘得势，以后对于守正不阿之文人加以陷害。故当时流品颇杂，而且晋代文人，地位较前代为高，更易遭人嫉忌，汉武帝以俳优蓄东方朔等文人，魏氏父子，亦以食客待遇王粲、刘桢。但晋代文人，或为显官，如张华，或为高流，如嵇康、阮籍，咸出自名门。晋代以后，如谢灵运、谢朓等，他们在社会所占的地位较高，而他们处世的方法更见拙劣，思想既不为传统的礼教所拘束，焉得而不趋于极端？何况还有许多文人，是做过作奸犯科的事呢？但是文人的遭遇，与他们的作品无关。尽管文人本身倒霉不堪，他们的作品，仍然是能与日月争光的。

魏晋文学之分期

为讲述的便利，约分四期如下：

第一期　正始（魏废帝）

第二期　太康（晋武帝）

第三期　永嘉（晋怀帝）

第四期　义熙（晋安帝）

就以上四期略言之，则正始为质期，由太康至永嘉为文期，过江以后，又返到质期。

第一期　正始

这时玄风甚盛，兼杂以佛家思想，虽不能说每个文人都是如此，但总难于脱离时代思想的影响，所以当时文士，关于探讨一件事物，都深悉名理之应用，尚质而轻文，诚如《诗品》所说："理过其辞，淡乎寡味。"谈到当时人的想象，仍是非常丰富。这是因为道家的思想，较儒家的思想对于文学更有裨助。这时与建安最大的区分，是建安七子做的是文学的文学，正始文人做的是玄学的文学，前者重形式而忽内容，后者重内容而不大讲求形式。当时来讲，文学界的威权，握在竹林七贤的手中。他们的思想，真浪漫极了。试看刘伶之《酒德颂》、阮籍之《大人先生传》、嵇康之《养生论》及《与山巨源绝交书》等，都无处不充分地表现他们极端的个人主义。至于他们的诗风，当时有"嵇志清峻，阮旨遥深"的评话。嵇康诗存留于今的，有四言与五言二种，后者词旨浅露，反不若其四言之好。近人王闿运曾说过：中国四言诗，做到嵇康为止，以后便无足观。阮籍有《咏怀诗》八十余首，这位先生想来定有隐痛而又不便明言，乃托之于诗。颜延年已觉得很难解释，但影响及于后代很大。陶潜为学阮诗之第一人，后来唐代也有诗人模仿他的这种体裁。若论理致高超的地方，远非建安时人所及；若说到一般的色泽，他们总不免较淡。

第二期　太康

　　三国时的文人，均荟萃于魏，因曹氏父子不惟本身都是文人，且是文人的保护者。蜀地文学，很少建树。至今谈金石的人，从来就没看到蜀汉的碑刻。吴国文学，介乎二者之间，不过在亡国时反而出了两位大作家，他们就是陆机、陆云，张华甚至夸他们为晋伐吴所得之唯一战利品，说："伐吴之役，利获二俊。"此时晋代原来所有的文人，三张（即张载、张协、张亢），本来也很享盛名，但是他们的交椅，不能不让给这二位新来的文人。可见说到文学，南方人总比北方人强些。此时著名作家，除了二陆、三张以外，又增二潘（即潘岳、潘尼）、一左（即左思）。他们都没有感受到玄风的影响，如张华几乎无所不通，可谓杂家。左思乃杂有阴阳家的思想。他们的共同作风，是变换了正始之质朴风气，而返归于建安的文盛时代。在此略说当时作风之趋向。

　　（一）排偶　虽说此期不近法正始而远宗建安，却比建安时另辟一条新路。就是从前人作过的体裁，至此时也翻了一个花样，比如连珠体的作家，先有扬雄再有傅毅。然《文选》所载，始于陆机，因为他的巧对绮语，后来居上。不独文体如是，作诗亦然。建安诗风，单复并行，有时单多于复。自太康以后，若陆机之《拟古诗》、张协之《杂诗》、左思之《咏史》，差不多尽是由复笔造成的。

（二）巧似　文人吟味性情虽同，而表现的方法各异。大都越到后来，越爱走新路。如在汉代诗篇尽管有美妙的全篇，但把句子拆散以后，便觉平淡。可见那时只有综合篇章之美，而无分析句格之美。至太康时，一般文人钩心斗角，专从窄处去用功夫，因之产生了很多为前代所无的名句。此例最多，略举如次：

"照之有余辉，揽之不盈手。"（陆机《拟明月何皎皎》）

"流芳未及歇，遗挂犹在壁。"（潘岳《悼亡诗》）

"振衣千仞冈，濯足万里流。"（左思《咏史》）

"生从命子游，死闻侠骨香。"（张华《游侠》）

"腾云似涌烟，密雨如散丝。"（张协《杂诗》）

"青条若总翠，黄花如散金。"（张翰《杂诗》）

"朔风动秋草，边马有归心。"（王赞《杂诗》）

"密叶日夜疏，丛林森如束。"（张协《杂诗》）

以上所举的句子，不惟对仗工整，又复巧思绮丽。在晋代武帝、惠帝、怀帝、愍帝四代，若寻佳句，差不多篇篇都有。

（三）拟诗　中国文学模仿的始祖，必推扬雄，从前早已讲过。但他所模拟的只限于赋或散文之类，至于模拟古诗的风气，自太康时才有。如陆机《拟古诗》十二首。他尚能化单笔为复笔，实开谢灵运《拟邺中诗》的风气。又如傅玄《拟四愁诗》，简直是生吞活剥。

张载也拟过《四愁诗》。以后更有谢灵运、陶渊明、鲍照这般人，显然受此代的拟古的影响颇不小。

　　此期文人的代表，当推潘岳及陆机二人。论到潘、陆的优劣，实在很难措辞，而且在当时他们二人也是齐名。批评家钟嵘在他的《诗品》里把潘、陆二人都入上品，又说："陆才如海，潘才如江。"有人疑惑潘、陆并称，是当时人举出南北各一人以相对抗，其实不然。因为他们二人各有长处，陆机雄于才，张华品评他的文说：别人患才少，他患才多。潘岳深于情，只看他所作的《悼亡》《西征》等篇及各种哀诔之词，无不情致缠绵，不愧多情文人。平常人还是称赞陆机的多，这实由于陆机的文集至今完全存在，而潘岳的早已佚失，只剩得几篇残余而已。

　　至于三张的诗，尤以张协的《杂诗》为最著。左思的享名不在诗而在赋，《三都》更见富丽，不过他的诗也有独到之处。

第三期　永嘉

　　永嘉初年最著名的作家，都是由太康遗留下来的。晋代到了此时，政局大变，以后都城由洛阳迁到建业。中国从周以后，历代都与外患为始终，但总算能支持抗御。到了此时，黄河流域一带，已不复为汉族属土。八王既捣乱于内，五胡复扰乱于外，政局日非，民不堪命。此时的文学家当以刘琨与郭璞为代表，但他们亦适成为太康的尾声。刘、郭均为北人，皆以国事不得其死，尤以刘琨的功业更为伟大。他们的文学都带着一种激昂慷慨的气概，实为亡国文学之音调。单看刘琨作的《元帝劝进表》《答卢谌书》及《答卢谌诗》等，均痛哭流涕，慷慨陈词。钟嵘的《诗品》评他道："（晋太尉刘琨）其源出于王粲，善为凄戾之词，自有清拔之气。琨既体良才，又罹厄运，故善叙丧乱，多感恨之辞。"后来元遗山论诗，又以越石的身世，比之于曹孟德，故其作风颇为相近。至于郭璞为永嘉中兴诗人，因为他作的《游仙诗》最有名，遂至后人疑他属于道家。其实郭璞却是阴阳术数家，不过他的《游仙诗》倒另外是一种伤心人的别有怀抱，并不是乐为飞升远举之谈，却与阮嗣宗的《咏怀》颇有几分相像。故《诗品》评他说："（晋弘农太守郭璞）宪章潘岳，文体相辉，彪炳可玩，始变永嘉平淡之体，故称中兴第一。……但《游仙》之作，词多慷慨，乖远玄宗，其云'奈何虎豹姿'，又云'戢翼栖榛梗'，乃是坎壈咏怀，非列仙之趣也。"此评颇为允当。这实在由于郭璞并非玄流，所以他作的诗，也并非有关于玄风，不过被时会造成如此而已。

晋室南渡前后，文风迥然不同。南渡以前，由开国至太康以文胜，有建安余风。南渡以后，由永嘉直至亡国，复以质胜，复正始之旧。此实由于永嘉前后祸乱相寻，民不聊生，各人欲求自慰，玄风复盛，由文变质。钟嵘批评此时的风气说得好，他说："永嘉时，贵黄老，稍尚虚谈……爰及江表，微波尚传。孙绰、许询、桓、庾诸公诗，皆平典似《道德论》，建安风力尽矣。"

第四期　义熙文学——陶诗

义熙为晋安帝的年号。当时刘宋的王业已成，典午天命，危在旦夕。此期文学，陶、谢并称。陶主自然，谢尚词采。自正始至渡江以后的那种杂有玄风而不大注重文采的诗风，当以渊明为押阵大将。由建安一脉相传，后再跃而至太康，脱离玄学羁绊，而标举文学风气的事业，当以灵运为中兴功臣。在此处先把渊明提出来讲一讲。

陶潜的人生观，实融合玄学与佛教而成，只要看看他的《形赠影》《影答形》及《神释》诸诗便知道，他的玄想极深。此时佛法之禅宗虽未输入中土，而陶公已带着此派的意味。远公在庐山结白莲社，招陶公，他却不肯去，大谢想去，却又被拒绝。但他表面上虽说不大与佛教的团体发生关系，然而心中实暗地佩服佛教。他的《桃花源记》正是充分地表现出他意想中的一种净土。而且他的人格思想与学问，很有几点和王羲之相像。第一是他们都爱好自然，其次是作文均用单笔，再其次是二人均主颖悟。这种思想，在右军的《兰亭集序》中可以看得到。

从表面上看去，陶公之为人，似乎性情是非常之温和的，殊不知他的本性却很倔强。自义熙以后，他亲眼看见刘裕的篡位，欺人孤儿寡妇，既是看不惯，却又没有拨乱反正的能力，又安得而不满腹牢骚，感慨独多！他最得力的是阮嗣宗的《咏怀诗》，如"迢迢百尺楼"，及"种桑长江边"之类，他的最著的诗，如《拟古》《饮酒》《述酒》及《读山海经诗》，无一而不是学嗣宗的。王湘绮曾说阮籍以下，开陶、谢二派。其实谢诗倒未见得同于阮，而陶之学阮则彰彰可以考见。

我们现在提起陶渊明，大家都一致承认他，是千古大诗人中之一位。但他在当时的地位，却远不及谢灵运。刘勰的《文心雕龙》，为当时评论界之权威，虽极力称赞大谢而于陶公竟无一句提及。昭明太子看去明明爱好陶公，为之作传，为之集诗，但在《文选》中所选的陶诗的总数不过八首。究竟是什么缘故，这位大诗人不为当时人所注重呢？第一，是由于六朝人的门阀观念太重。王、谢子弟，人才辈出，他们自来就是养尊处优，最易受时人之崇拜。至于寒门微族，每为人所不道及。想陶公不过庐山下的一位农夫，正颜延年替他作诔时所谓的"南岳幽栖"而已。在当时的势利眼光当中，哪里看得到他的身上去，所以连他的岁数都被人弄错了呵。在此处还可引一个旁证，鲍照的诗文，在后人的眼中看去，确实不错。但他在当时一身作客,飘零而死。所以《宋书》并不为之立单传。《诗品》批评他说得最妙:"嗟其才秀人微,故取湮当代。"自然陶公之"取湮当代",也是由于他的"人微"之故。

另外还有一个缘故,就是他的诗的风格与当时所流行的大相违背。当时文人均喜复笔派之《汉书》,而不欢迎单笔派之《史记》,故作诗亦专讲排偶,重词采。那时正是太康派得盛,所以大谢竟为一代宗匠,而陶公的诗喜用单笔,而且色彩冲淡,显然与当时一般人的胃口不合。只看六朝人最初为陶公集子作序的阳休之所说的话,最赏识他的"奇绝异语,放逸之致",同时却又不满意于他的"词采未优"。这几句中肯语,实足以代表六朝人眼光中之陶渊明。

但陶诗虽不为当时所重,到了唐朝,却又取谢诗的位置而代之。如唐初之王无功的《东皋子集》学陶,陈子昂的《感遇诗》学阮,其源与陶正同。至盛唐又深得杜甫的赞美,学他的又有储光羲,以作田园诗得名。王维、孟浩然,又间接受陶公之影响。至中唐时又有韦应物、柳宗元等,有一部分是从陶诗学来的。及至宋代苏轼,并且和其全集。

此外还有钟嵘。把陶公置于中品的公案,后世人多有不平之鸣。关于此点,我倒有一桩小小的发现。就是钟嵘原来是把陶公置于上品的,我的根据并不是近日所流行的《诗品》的版本,乃在《太平御览》第五百八十六卷文学类引《诗品》的地方。明明上品列有十二人，陶渊明正是其中之一。《太平御览》为宋太宗太平兴国时所辑，所据书当为唐本或五代本。今本置陶公于中品，想来系北宋以后始如此，而且陶公的诗，颇合于钟记室所举的"多非补假，皆由直寻"的标准。

晋代之批评文学

此时文学批评之风，与建安时颇相似。如：

（一）批评方面　论文之专篇，有李充《翰林论》、陆机《文赋》、陆云《与兄平原书》，此外还有挚虞的《文章流别论》。

（二）介绍方面　介绍文学作品，始于左思之请皇甫谧为他的《三都赋》作序。因为士安当时的名声较大，所以太冲就借重他的介绍。

（三）整理方面　后人论到文章总集之始，多推《昭明文选》。其实在前还有挚虞的《文章流别集》六十卷，才不愧为文章总集之始祖。再有荀绰的《古今五言诗美文》五卷，也不愧诗之总集的始祖。可惜以上两种书都早已佚失了。

（四）作注方面　　为古人文章作注，始于刘安之为屈原作《离骚传》，而班固、贾逵、王逸均有注。为自己作注，始于班固之自注其《汉书·艺文志》。此种风气，晋人并很盛行。

甲、为古人赋作注者，有司马彪的《上林子虚赋注》，晋灼的《子虚甘泉赋注》，郭璞的《子虚上林赋注》一卷。为古人赋注音者，始于李轨之《二京赋音注》一卷。为诗作注者，有应贞之《古游仙诗注》一卷。

乙、为并世人诗赋作注者，为张载、刘逵、卫瓘注左思《三都赋注》三卷，綦母邃《三都赋注》三卷，曹毗《魏都赋注》一卷，萧广济为木玄虚《海赋注》一卷。（中国文人所作《海赋》仅有二篇，除此篇外，还有载在《南齐书·张融传》的一篇。）

丙、为本人文学作品作注者，始于谢灵运之《山居赋自注》。

由以上所举的几个例子看来，可见选学之风早已由晋代文人开端，并不是起于唐人的。

第七章

南朝文学

第一期　宋代文学

从东晋孝武帝时，拓跋珪已僭号山西，就是世人所称的后魏，再经过北齐而北周而隋，是为北朝。（东晋末在北方建国的后秦、后燕尚存，后为魏所并吞。）

从东晋以后，经过宋、齐、梁、陈四代，是为南朝。

讲武备则南朝不如北朝，论文事则北朝远逊南朝。

谈到南朝的文学，大约宋代成为一种风气，而齐、梁、陈三代，又另外成一种风气。

宋承魏、晋之后，对于文学观念更加清楚，文与笔之分起于晋代。到了宋代而界限益严。范晔的《后汉书》始专立文苑传，以别于前代史书中之儒林传，可见前乎此，每以学士而兼文士，后来则文人与学士分途，益足见宋人已承认纯粹文学的地位了。

中国书籍分部有两种。一为七分法，始于汉刘歆之《七略》。（其实只可算作六分，因为总略可以分属于其余六项之内。）次为四分法，始于晋之荀勖之《中经簿》。他分的是：甲部为六艺，乙部为诸子，丙部为史记，丁部为诗赋。后有李充立新簿，亦分为四部，但与荀不同。他分的是：（一）五经；（二）史记；（三）诸子；（四）诗赋。此实为清代四库分法之所自出。宋代谢灵运作《四部目录》，亦作四分。南齐王俭又有《七志》之分。元徽的《四部书目录》为四分与七分之调和者。总之，由七分而进为四分，是无异于说经、子、史三部之范围缩小，而集部之范围扩大。从前只占全书地位七分之一的集部，现在居然涨到四分之一，亦足见文学独立价值之一斑。

再看当时之学制如何：宋文帝分设儒、玄、文、史四馆（地址在鸡笼山下）。至明帝又分说儒、道、文、史、阴阳五科，可见文学已同别种学术等量齐观了。

还有一条使文学发达的重要原因：宋代的帝王，如文帝、武帝、明帝，宗室如庐陵、临川诸王，不独爱好文学，而且均是作家，上行下效，风行一时，所以宋代国祚虽仅几十年，而文学颇蔚然可观。此时文学家的代表，当推颜延年、谢灵运与鲍照三人。文风至此一变，辞采较前代为茂密，体制较前代为雕斫，诗文均盛行一种排偶的风气，正始、永嘉之风渐息，而复归于建安、太康之流风余绪。

谢灵运之文学

谢灵运小名客儿，陈郡人。生于晋朝，死于宋代。他的一生经历，在晋代为多，故前与渊明齐名，并称陶、谢。后来又与颜延年齐名，改称颜、谢。所有六朝文人学问之渊博，没有哪个能赶他得上。讲史学，他曾修《晋书》。目录学，他曾编《四部目录》，经学自不待说，因为他的诗中常引经语，古今能熔铸经语入诗的，止当推他。永嘉以后一时风行的玄学，他也是内行，他引用庄子的话，有时比郭象注还妙。当时佛法涅槃宗分二派，北宗以昙摩谶为首领，南宗便以他为首领，又尝手改《涅槃经》。至于诗中引用或溶化楚辞之处，更不在少数。而且他对于各门学问，均有深造的功夫，甚至于书画等艺术功夫亦有独到的地方。但他的学问虽大，而他的言语行动无一处不矛盾，居江湖则思魏阙，在魏阙又思江湖。他的感情非常丰富，实际上又不大负责任。这位矛盾诗人的为人，殊可令人玩味不尽。

他的诗，形式崇尚偶体，《拟邺中诗》竟用复笔以代替原作之单笔，但他虽用偶语，又决不为他所拘束，颇能穷尽物态。他又是山水文学中的大家。晋代山水诗产生的地域，分两大支：一在江西庐山，如陶渊明与诸道人等是；一在浙东会稽上虞一带，前有王羲之，后即谢灵运。他本来是贵族出身，年少时即豪放成性。他平生酷好游览山泽，而且与别人游得不同，他组织一种大规模的游行，常有数百人结队向前，伐木开道，来势非常汹涌，临海太守以为他们是土匪来了，真是一个笑话。他的游兴无穷，当永嘉太守的时候，公事尽可以不问，然而山水不可以不游。

山水诗虽以陶、谢并称，但他们对于自然的态度极不相同，恰如其人。陶公胸怀恬淡，对于自然每与之溶化或携手，如"采菊东篱下，悠然见南山"，很现出一种不疾不徐的舒适神气。至于大谢对于自然，却取一种凌跨的态度，竟不甘心为自然所包举，如他的《泛海诗》①中的"溟涨无端倪，虚舟有超越"，气象壮阔，可以吞沧海。至于后来的小谢，不过只能赞美自然而已。

谢诗影响于后代不小。唐代有柳子厚学他的山水诗，尤其是工于制题目，这正是柳州的善于学大谢之处。次为孟郊，他用字之烹练，实渊源于大谢。

颜延年之文学

当时能与鼎鼎大名之谢灵运并称的人，有琅邪人颜延年。二家同以茂密之体擅长。大谢于此等处，尚有天然之妙趣，延年则全假人工，专事雕琢。有人以二人的优劣问鲍照，他的答词是："谢诗如初发芙蓉，自然可爱。颜诗如铺锦列绣，雕缋满眼。"延年听人批评他的话如此，一辈子终不快活。其实这倒是两句真话。

---

① 指《游赤石进帆海》诗。——编者注

大谢年仅四十余即遇害，延年竟活到八十几岁，后又与另外一位姓谢名庄的齐名，亦称颜、谢。《诗品叙》说"颜延、谢庄尤为繁密，于时化之，故大明（孝武帝）泰始中，（元帝）文章殆同书钞"。萧子显作《南齐书·文学传叙》，以为用事始于谢灵运。谢诗长于用密，而好处乃在疏的地方。至于颜诗则几乎只见密而不见疏，密到如铜墙铁壁一般，简直看去会使人一点气都透不出来，所以令人读之闷倦。后来唐代元和中有樊宗师好作涩体，此风实开自延年。大抵文字做得太艰涩了，不惟令人难懂，而且极不易留传。樊集多卷，今只存二篇。清末与王湘绮齐名之高心夔（伯足）为文诡涩，他自以为是学陶公，现在翻开他的《陶堂志微录》去一看，他实在是学的颜延年呵。

鲍照之文学

宋代文人，以"谢客为元嘉之雄，颜延年为辅"。《诗品》在此处并未提起鲍照，其实明远的文学对于后世之影响，决不在颜、谢之下。此君家室寒微，做官不过临海王的参军，而且一生作客，故他的作品颇多慷慨凄怆之词，惟在当时不大为人所重，因为他好用单笔，与时尚不相合。梁时人学他的尚多，但《诗品》均不以他们为然。可是他的五言诗用单笔，拟阮籍。在当时无大位置，倒不关重要。因为他的长处在杂言，最著名的为《行路难》十九首。（各书只收十八首。此乃根据《乐府诗集》而定为十九首。）以激昂的笔致，发玄妙的思想。因为他善用杂言，故在形式上能极参差变化之能事。而他诗的内容又参入玄想，大发议论，与南朝人专门作抒情诗的风气不相类。他的影响，乃及于唐人之歌行。初唐至盛唐歌行之能手，分两派：最先有四杰，及刘希夷等，描写宫情闺思，措辞侧艳，选字严密，实脱胎于沈约之《八咏》。到了盛唐，如李颀、李白、杜甫等的歌行变化百出，而又夹以议论，这显然是发源于鲍明远的。

明远之名作《行路难》，后来拟之者，有吴均、王筠及费昶诸人，但终究远不如他原来的作品。

第二期 齐梁文学——声律说

齐梁文学，承元嘉以来之遗风，而更加注意于声律。此时文学较之从前，发生了极大的变化，内容渐趋一致，形式更加不同，讲起来头绪甚为纷繁，什么四声呵，清浊呵，双声叠韵呵，大家都很讲究。由讲声律的结果，于是由古体诗而变为近体诗，（此中有一种过渡的作品，体较古体为严，但较律诗为松，玉湘绮名之曰新体诗）由骈文而变为四六。这种运动，起于南齐武帝永明年间，以沈约、王融、谢朓等人为首领，故称之为永明体。《南史·陆厥传》叙述此事，颇为扼要。

"永明末盛为文章，吴兴沈约、陈郡谢朓、琅玡王融，以气类相推毂，汝南周颙善识音韵。约等文皆用宫商，以平上去入为四声，以此制韵，不可增减，世呼为永明体。"

其实作诗文讲究声律，并不从永明开端。在此以前的遗文尚见得到的，有陆机的《文赋》说得明白。他说：

"暨音声之迭代，若五色之相宣，虽逝止之无常，固崎锜而难便。苟达变而识次，犹开流以纳泉，如失机而后会，恒操末以续颠。谬玄黄之秩叙，故淟涊而不鲜。"

稍后懂声律的人，又有范晔。看陆厥《与沈约书》中说：

"范詹事自序性别宫商，识清浊，特能适轻重，济艰难。"

究竟分四声始于何时，大约可以如此回答说：四声虽说分辨得很早，而用到诗文上来，却是较迟。即如陶渊明、刘琨诸人，作诗都不大分四声，如前者"荆扉昼常闭"中的"闭"字作入声，后者"昔在渭滨叟"的"叟"字当读作平声。

讲声律最早的书，要推魏李登所作的《声类》十卷。此书著录于《隋书·经籍志》，但早已佚失，清《玉函山房丛书》中有辑文。《隋书·文学传·潘徽传》中说："李登《声类》……始判清浊，才分宫羽。"何以知道这里所说的宫商即等于指四声呢？但看《魏书·江式传》说吕静仿李登之法作《韵集》五卷："宫商角徵羽，各为一篇。"可见此五音原来的意思，不是如元代作曲子的人所讲的喉舌齿唇等音。清纪昀作《沈氏四声考》，引唐徐景安《历代乐仪》所说的话，谓宫为上平，商为下平，角为入声，徵是上声，羽是去声。

从以上所讲，可以得一个小小的结论，就是声律之说，始于魏、晋之际，特施之于实用，却是从永明开始。

以下讲永明时所流行的四声八病之说：

二者每相对举，四声始于沈约，八病当亦同时产生。惟所谓八病的名称，如平头、上尾、蜂腰、鹤膝，《南史·陆厥传》已有明文。蜂腰鹤膝，《诗品》亦曾说过。这四病始于梁代，毫无问题。至若大韵、小韵、正纽、旁纽，似乎至唐代始正式成立。故纪昀有"八病之说，始于唐人"的议论。然唐代皎然《诗式》又明明说的有"沈休文酷裁八病，碎用四声"，文中子（王通）《中说》称李伯药与王通说诗而不答，语薛收云："吾上陈应、刘，下述沈、谢，分四声八病，刚柔清浊，各有端序。"他也主张八病在沈约时已具备。《诗人玉屑》更载有"沈约云诗病有八"之说。再看《南史·陆厥传》："文皆用宫商，将平上去入四声；以此制韵，有平头、上尾、蜂腰、鹤膝。五字之中，音韵悉异,两句之内,角徵不同,不可增减。"此处所说的"五字之中,音韵悉异",已包有大韵、小韵、正纽、旁纽之义,似乎当时尚无具体的名词,以后谈八病,仍当以始于沈约之说为是。

至于八病原来的意义到底如何,早已失传,唐代亦无人解释过,至宋代却有好几种解释,最著的有:(一)梅圣俞《续金针诗格》;(二)蔡宽夫《诗话》;(三)魏庆之《诗人玉屑》;(四)冯惟讷《诗纪》。以后又有:清仇兆鳌《杜诗详注》、纪昀《沈氏四声考》。齐、梁最初的解释如何,已不可见。现在姑且综括梅、魏等解释八病之说如次:

(一)平头　第一字不宜与第六字同声,第二字不宜与第七字同声。如"(今)(日)良宴会,(欢)(乐)难具陈"。一说句首二字并是平声,如"(朝)(云)晦初景,(丹)(池)晚飞雪"。

(二)上尾　第五字不得与第十字同声,如"西北有高(楼),上与浮云(齐)"。又如"青青河畔(草),郁郁园中(柳)"。

(三)蜂腰　第二字不得与第五字同声,如"闻(君)爱我(甘),窃(欲)自修(饰)"。一说第三字不得与第七字同声,如"徐步(金)门旦,言(寻)上苑春"。

(四)鹤膝　第五字不得与第十五字同声,如"新制齐纨(素),皎洁如霜雪。裁为合欢(扇),团团似明月"。

（五）大韵　五言诗两句中除韵外，余九字不得有字与韵犯，如"（胡）姬年十五，春日独当（垆）。"

（六）小韵　五言两句中除韵外，余九字有自相同韵者，如"薄帷鉴（明）月，（清）风吹我襟"。

（七）旁纽　双声同两句杂用，如"田夫亦知礼，（寅）宾（延）上坐"。

（八）正纽　"我本汉（家）子，来（嫁）单于庭。"

八病讲完，再回头来论四声。

关于当时声律的全部理论，除了看沈约的《宋书·谢灵运传论》以外，还得看萧子显的《南齐书·陆厥传》，以及刘勰的《文心雕龙·声律篇》，各篇都有很精到的说明。但后人的解释却不一致，尤其是"浮声""切响"之说。《文心》所说的"声有飞沈，响有双叠，……沈则响发而断，飞则声扬不还"等话，即根据沈约自己所说的"若前有浮声，则后须切响。一简之内，音韵尽殊；两句之中，轻重悉异"等语而来。有人以清浊解释浮切，以清音为浮声，浊音为切响。又有人以阴阳解释浮切，以阳声为浮声，阴声为切响。我们现在姑且不骤下结论，且以沈约所举以为模范作品的"先士茂制"，及他自己的作品来研究一番，结论自然会出来的。

（一）子建（曹植）"函京"之作　从军度函谷，驱马过西京。

（二）仲宣（王粲）"灞岸"之篇　南登霸陵岸，回首望长安。

（三）子荆（孙楚）"零雨"之章　　晨风飘歧路，零雨被秋草。

（四）正长（王赞）"朔风"之句　　朔风动秋草，边马有归心。

由沈休文所举的几个例子看来，那些诗句都是古体中之颇合于律调者。只看每首诗都是平起仄应，如"从军""南登"等为平起，而以"驱马""回首"等仄声字应之（律诗第一字平仄无关）。即韵脚亦然。"谷""岸""草"等字为仄，而以"京""安""心"等平声字应之（只有第三例略为不同）。不只他所举的诗句很合平仄的标准，就是他在此处所作的四句文章，也很合平仄。"作"字是仄声，而以平声"篇"字去应它；再用一个平声"章"字去应"篇"字，乃转而又用一仄声"句"字来收。可见沈约所谓飞沈之说，即指平仄声而言。飞是平声，沈乃仄声。

在这里再举沈休文自己的作品以证明此说：

舍辔下雕辂，更衣奉玉床。

斜簪映秋水，开镜比春妆。

所畏红颜促，君恩不可长。

鹅冠且容裔，岂吝桂枝亡。

（《携手曲》）

（一）证明浮是清声，沈是浊声，以〇代清，●代浊，◓代半清，◒代半浊，则所得公式如下（旁注∠者为不合律之处）：

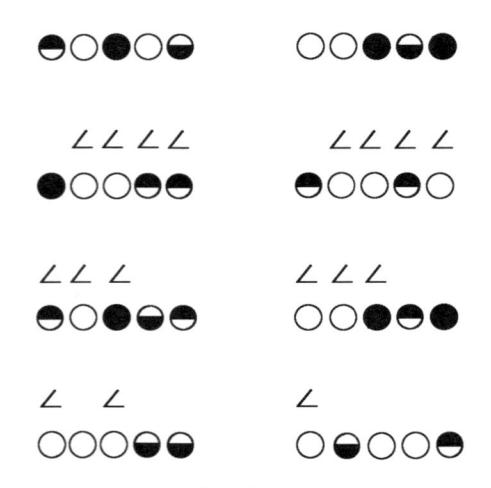

◒○●○◒　　○○●◒○

∠∠∠∠　　　∠∠∠∠
●○○◒　　　●○○◒

∠∠∠　　　　∠∠∠
●○●◒　　　○○●●

∠ ∠　　　　∠
○○○●◒　　○◒○○◒

（二）证明浮是阳声，沈是阴声，以○代阳，以△代阴，则得公式如下（∠为不合律处）：

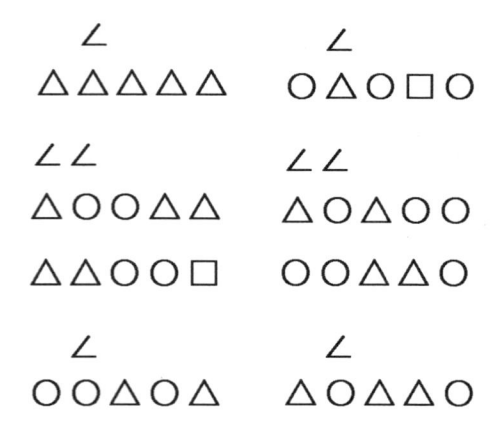

　　∠　　　　　∠
△△△△△　　○△○□○

∠∠　　　　　∠∠
△○○△△　　△○△○○

△△○○□　　○○△△○

　　∠　　　　　∠
○○△○△　　△○△△○

（三）证明浮声为平，切响为仄。以一代平，以丨代仄，则得公式如下：

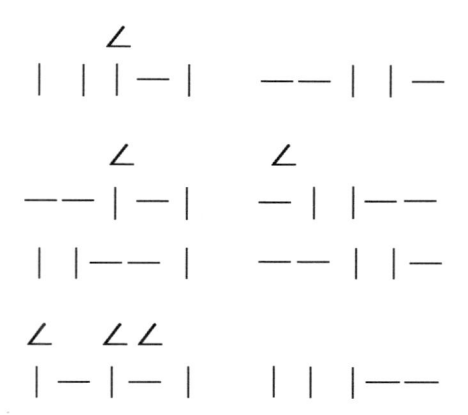

$$\begin{array}{cc} |\,|\,|\,-\,|\overset{\angle}{} & -\,-\,|\,|\,| \\[4pt] -\,-\,|\,\overset{\angle}{|}\,| & -\,|\,\overset{\angle}{|}\,|\,| \\[4pt] |\,|\,-\,|\,| & -\,-\,|\,| \\[4pt] \overset{\angle}{|}\,-\,|\,\overset{\angle\angle}{-}\,| & |\,|\,|\,-\,- \end{array}$$

照以上三种公式看来，则以飞沈为平仄之假定，其失律处较其他二者为少。（失律之数目，第一式为二十三，第二为八，第三只为六。）所以这个假设，得因证明而成立。

此外还有一点小小附带的说明，沈隐侯最注意平仄问题，在《南史》第二十二卷《王筠传》，载有他的《郊居赋》中有"驾雌蜺之连蜷，泛江天之悠永"这样的两句。他要王筠读给他听，王将"蜺"字读为仄声，沈氏大加赏识，以为知己。因为下句对"蜺"字的是"天"字，若是不将平声"蜺"字读作入声，便不合他的浮声切响之说。

关于断定沈休文之浮切为平仄，我最初以为是一件小小的创获。但后来看见一部湖南人邹叔子所留下的《遗书·五均论》当中早已有此论调，可见刻书要占年辈，否则有剿袭前人的嫌疑。后来看到阮元《研经堂续集》中的《文韵说》又早已如此说法。到后来又细翻到《新唐书》第二百〇一卷《杜甫传》（附《杜审言传》后）见到以下几句话：

> 唐兴诗人，承陈、隋风流，浮靡相矜。至宋之问、沈佺期等，研扬声音，浮切不差，而号律诗。

宋子京在这里所说的"浮切不差"，岂不是明明白白指的是绝不可错乱的律诗中之平仄吗？于是更叹读书及持论之不易。

自从声病之说发明以后，古诗变为律诗，骈文变为四六。以后中国文学，愈趋于偏重技巧一方面。好坏又另外是一问题，但是给永明以后的文学一种新面目，这是一桩事实。可见声偶论之发明，在中国文学史上要算是可以大书特笔的事件中之一。

齐梁之批评

中国的文学批评，至建安始能正式成立。但有批评的专书出现，则始于齐梁之际。我们可以说中国从前文学批评的事业，再莫有盛过齐梁的，也莫有好过齐梁的。此中当以刘勰之《文心雕龙》及钟嵘之《诗品》为代表。

文学批评之盛里，每随文学作品的本身为转移。先有诗而后发生诗话，先有词然后产生词话。中国文学，在梁代最盛，故批评的风气亦然。只看《隋书·经籍志》中所列集部，由汉至隋有文集的作家，不过四百余人，而出于梁代人之手的竟在八十家以上，竟占全数四分之一。梁代既有这么多的作家，所以同时又产生了几个很重要的批评家。他们中间的派别，虽说很多，但大概分来，不外乎尊崇文学、反对文学与折中二者之间的这么三派。

（一）反文派　齐、梁间文学极盛，故所遭之反感亦愈大。此派当以裴子野为代表。他著了一篇《雕虫论》用来正式发表他的意见。他以为一切学问必折中于六艺，又骂斥当时一般文人的弊端。至若"闾阁年少，贵游总角，罔不摈落六艺，吟咏性情"。在现在我们的眼光看起来，文学的妙处，正在"吟咏性情"，谁管它合乎六艺不六艺呢？但当时他竟发出这种论调，却也难怪。第一是由于他当时的环境，由汉至梁，文胜乎质，文学几乎家弦户诵。少年轻薄，文采风靡，盛极而生反感，理之必然。第二是由于他自己的地位。我们要明白子野之曾祖，为注《三国志》之裴松之，祖为作《史记集解》之裴骃，在他自己又曾删《宋书》、为《宋略》，可见他们几辈人，都是有名的史学家。史家尚质，自然不主张过于藻饰的文学。此派在当时的言论界上，并不发生若何影响。及至到了隋代统一以后，李谔始上书于隋文帝黜浮华，那时才有皇帝出来正式干涉文人作浮丽抒情之文学文。

（二）主文派　这派的批评，颇能代表当时的思潮，以刘勰

与钟嵘之势力为最大,现在将他们的中心思想及具体主张,略举如下:

甲、经为文　　原汉代后经学与文学分途发展,傅玄有五经诗,为引经入文之第一人。大谢动辄援引经义入诗,亦为前人所未发。齐、梁之际,乃有正式主张五经为一切文学之源,似乎以不懂经学为大耻。故《文心雕龙》有《宗经篇》,最要紧的几句话,是:"论说辞序,则《易》统其首;诏策章奏,则《书》发其源;赋颂歌赞,则《诗》立其本;铭诔箴祝,则《礼》总其端;纪传铭檄,则《春秋》为根。"又说:"百家腾跃,终入环内。"刘氏虽然如此地说,但我们总觉得这种话并非他的由衷之言。因为他是一个佛教信徒,晚年出家修行。但他迫于当时人的一般趋势,所以也不得不照例说几句门面的话。而且在一般人的眼中看来,经学家的地位,较文学家来得高,于是文人更不得不借经学家的招牌引以为自重。这种说法,在后来影响颇不小。颜之推以文章原出于五经,唐代柳子厚又以文章出于六经,宋代周敦颐乃进一步更以文学为载道之工具。

乙、返于自然　　齐、梁之际,编辑类书的风气很为盛行。大家做起文章来,犹如抄书,藻缋太过,于是又发生一种崇尚自然之反响。彦和所说文必宗经,所以迎合当时人的心理;所谓文贵自然,所以救治当时人的弊病。而且在后一点上,钟嵘亦有同感。《文心·原道篇》说:"心生而言立,言立而文明,自然之道也。……龙凤以藻绘呈瑞，虎豹以炳蔚凝姿，云霞雕色，有逾画工之妙；草木贲华，无待锦匠之奇。夫岂外饰，盖自然耳！"《明诗篇》又说："人禀七情，应物斯感。感物吟志，莫非自然。"至于钟嵘更明目张胆，反对当时文人之用典。他在《诗品叙》上说："吟咏情性，亦何贵于用事。'思君如流水'，既是即目；'高台多悲风'，亦惟所见；'清晨登陇首'，羌无故实；'明月照积雪'，讵出经史。观古今胜语，多非补假，皆由直寻。"此语在后代颇产生相当影响，最容易看出的，就是宋严羽之主妙悟说，其言曰："诗有别才，非关书也；诗有别趣，非关理也。"妙悟二字，即为直寻二字之转语。再后又有王渔洋之神韵说，与袁子才之性灵说。

丙、侧重情性　南朝文学，极典丽之能事，最重外表，而忽略内容。故《文心》《诗品》均力矫此弊，主张文学的要素，还在性情。《文心·情采篇》说："夫铅黛所以饰容，而盼倩生于淑姿；文采所以饰言，而辩丽本于情性。故情者文之经，辞者理之纬，经正而后纬成，理定而后辞畅，此立文之本源也。昔诗人篇什，为情而造文；辞人赋颂，为文而造情。"不消说得刘氏是主张文学是应当为情而造文的。钟记室的《诗品叙》开口就说，"气之动物，物之感人，故摇荡性情，形诸舞咏"。他的主张，也是与彦和一致的。

丁、声韵　声律发明于王融、谢朓，成说于沈约。梁武帝问四声于周舍，他答以"天子圣哲"四字。梁武帝虽不喜好，然而他自己所作的诗仍不大与四声相背,可见四声在当时颇占有一部分的势力。关于此点,《文心》与《诗品》二者的主张并不一致。刘勰是主张声律论的,他有一篇专讲声律的话,最要紧的,就是说:"凡声有飞沈,响有双叠;双声隔字而每舛,叠韵杂句而必睽。沈则响发而断,飞则声飏不还,并辘轳交往,逆鳞相比,迕其际会,则往蹇来连,其为疾病,亦文家之吃也。"至于钟嵘则颇不以王、沈等之发明声律为然。他很痛恨声律发明以后,"于是士流景慕,务为精密。襞积细微,专相凌架,故使文多拘忌,伤其真美"。不过声律的发明,在当时颇占势力,不惟南方的文人谨守勿失,即北方文人亦不敢违背。魏孝文帝迁洛的那年,就是沈约修《宋书》告成的那年。迁洛以后,北方文人也讲起声律来了,所以钟嵘的话,在当时是不大发生影响的。

(三)折中派 在当时的一般批评家之中,尊重文学者固大有人在,而诽谤文学者亦未免言过其实,大约南人多属于前者,而北人则属于后者。现在要举的第三派就是折中前二派而立言,此中代表人物为颜之推。他生于梁而后来入北,可说他能综合当时南北的思想,所以才会发生那种中立的议论。在他所著的《家训·文章篇》中,起首即说文章出于五经,又列举从来文士的通弊,以告诫他的子孙。他的正式主张是:"凡为文章,犹人乘骐骥,虽有逸气,当以衔勒制之,勿使流乱轨躅,放意填坑岸也。文章当以理致为心肾,气调为筋骨,事义为皮肤,华丽为冠冕。"当时南方文士最重情致,主张为情而造文,颜氏正式提出"理致"二字,以矫正一般文人的趋势。他不大满意而引以为戒的是:"文章之体,标举兴会,发引性灵,使人矜伐,故忽于持操,果于进取。"殊不知这正是文学的真际呵!颜氏这种折中的议论,是不容易遭人信仰的。

第三期　陈文学

讲南北朝的文学史,大半把陈代与齐、梁相合而讲。齐开先声,至梁而成热;到了陈代,不过南朝文学之尾声而已。

陈代不过四传,君主中颇有能文之士,尤以后主为最,同时他的后妃与宗室,都有相当的文学修养,最有名的《玉树后庭花》《春江花月夜》等,都是陈代宫廷中文学的代表作品。最著名的文人,有徐陵、阴铿、张正见、江总等。题材不出宫廷的范围,而外表又极华丽哀艳。现在把这两点提出来讲,但不要忘记,齐、梁、陈虽说三次易代,而文学却是一脉相传,是不易断代来说明的。

先谈宫体诗。这种诗的特征,论其内容,专用以描写宫廷及闺阁，外表极讲究声律与辞采。这种体裁，倒不是起于陈代，不过到陈代更加发扬。盛极之后，几乎又近于衰落一途。当齐、梁之间，文学界发生一种崭新的运动，就是宫体诗之流行。宫体二字，实起于梁简文帝。这种体裁，在中国文学史上，占有极长远的时期，而且有很大的影响，虽说在齐、梁才盛行，但在前已有晋、宋乐府开端，如《碧玉歌》《桃叶歌》《白铜鞮》等，如鲍照、惠休都善于作之《子夜歌》《懊侬歌》一类的侧艳之词。再往前推，当以楚辞中之《九歌》为始祖，不过到了齐、梁，此风极盛。陈代徐陵之辑《玉台新咏》就是替宫体做一种大规模的宣传。当时无论朝野，也不分男女，都一致地浸淫于此种轻靡悦耳的新诗之中了。到了初唐这种体裁的气息，尚可以在四杰及沈、宋的作品中寻出。降至盛唐此风稍衰，但不久遇到李长吉又把宫体中兴起来。到唐代末年，又得李商隐、温庭筠二位护法大将，再降又变化成为五代小词，再传而成为宋词，一直至今不绝。

其次，再谈当时文章的作风，自是以雕镂为正轨。自从永明以后，一般文人均从刻镂上用功夫，比如作诗由练章而练句而至于练字。汉诗有佳章，晋诗有佳句，至此时的诗方有佳字。因为过于雕琢，不免偏于技巧一方面，甚至发生只有零碎的好句子，或最精美的好字面，而忽略了全篇的结构。这种风气，对后代有不少影响。

练字在中国修辞学中，占有极重要的地位。中国的古代文学有定式，所以要想在此已定之范围内出奇制胜，遂不得不趋向练字的一途。此时的阴铿、何逊等，都是练字的大家，后来影响到唐代的杜甫。所以在杜工部的批评文学中，很推崇那位"能诗何水曹（何逊）"，又自谓"颇学阴何苦用心"。工部诗有全由何逊的诗中脱化而出的，如他的"孤月浪中翻"，从何水部之"初月波中上"而来。再举何逊诗的练字之处，如"薄云岩际出，初月波中上"的"上"字，"夜雨滴空阶，晓灯暗离室"之"暗"字，"疏树翻高叶，寒流聚细文"之"翻"字、"聚"字，以及"江暗雨欲来，浪白风初起"的"白"字，都是极千锤百练之功夫而成的。

第八章 北朝文学

总 论

　　南北由自然环境的不同,所以它们所产生的人物也很有差别。大抵当六朝时,文人多出在南方,而经师正出在北方。在李延寿的《北史》,文苑与儒林分传,后者较多,而且有相当的成就。推想南北人好尚的不同,亦由他们用功不用功的缘故。《北史·儒林传》说:"南人约简,得其英华;北学深芜,穷其枝叶。"可见北人学问比较踏实,而南人学问比较空灵。又如同一以山水为对象之文学作品,南人则有谢灵运之用诗,而北人郦道元则用散文。所以《北史·文苑传》又说:"江左宫商发越,贵于清绮;河朔词义贞刚,重乎气质。气质则理胜其词,清绮则文过其意,理深者便于时用,文华者宜于咏歌。"

　　从以上看来,可以略知南北风尚之不同。但这里所要讲的北朝的范围若何，不可不首先给它弄个明白。若遵照李延寿所编纂之《北史》，乃起于拓跋魏而终于隋代。但从当日的事实上看来，西晋怀愍之世，大河南北，已非汉人所有，应从五胡十六国讲起才对。若说最初北方都是野蛮种族，并无文化，此话未免太苛。如刘渊、刘聪、苻坚、姚兴、沮渠蒙逊与赫连勃勃等人学问都很不坏，刘聪更是一个诗人，《晋书》载记可考。

但为讲述的便利起见，还是从北方最先统一之拓跋魏讲起，而后北齐、北周。

我们首先要把这几代的年号及定都地点略说一说：魏人建国，始于晋末，当南方刘宋崛兴之时，从开国直到孝文帝，定都在平城；太和十八年（四九四），迁洛阳；西魏又迁长安；东魏亦在洛阳；北齐乃迁至彰德。

今分北朝文学为三期：以由魏开国至孝文帝太和中为第一期；以由太和迁洛至北齐为第二期；以由西魏迁长安，至北周为第三期。

第一期　魏开国至孝文帝太和中

这时期的北方，最先为匈奴、鲜卑等胡族所据，拓跋魏氏亦不通中国文学，只能用胡语；而且从扫定群雄到太和年间，频年征战，也谈不到什么文学。间或有少数汉人去点缀北地文坛的风景，亦只限于散文家，可以崔浩为代表。

第二期　太和迁洛至北齐

这里所讲的第二期，乃真是北朝文学之启蒙期。此时把原来的平城改称恒州。魏代自从孝文帝即位（他仿佛像后来的金章宗），渴慕中国文化，定计南迁，以调和南北殊俗为己任。他的宗室权臣，颇有反对他的，他宁愿杀掉不服从他的人，而不情愿牺牲他自己的主张。当太和十二年（四八八），他又改姓为元，同时又禁止百姓作胡语。所以很容易与中国文明同化。就是孝文帝本身也是当代文人，他所作的《吊比干文》及小文小诗等，均可观。所以以后魏代君王间有能为诗文者，如节闵帝、孝庄帝等。但谈到此期的真正文学家的代表，还要推温子昇、邢邵（子才）、魏收（伯起）三人。在当时一般南方文人的眼光中，很看不起北方的文人。且举庾子山之言为代表。他说："自南北来，惟韩陵片石，可与共语，余则驴鸣犬吠耳。"（按：韩陵片石，乃指温子昇所为《韩陵寺碑文》。）

但北方文人，每以崇拜南方文人为风尚，而且他们所举的标准人物，也正是南人。孝文帝迁都洛阳为太和十七年（四九三），正是南方沈约《宋书》告成之日。此时南方声律之说正盛，北人眼中最看得起沈氏。济阴王晖业称赞温子昇，以为他"足以陵颜（延年）、轹谢（灵运）、含任（昉）、吐沈（约）"。这列举的四位，不都是南方的文人么？后来魏伯起入齐修《魏书》，常常与邢子才相争辩的问题，即是南方任、沈优劣论。邢诋魏模拟彦升，魏又诋邢在沈集中做贼。从这些消息中看来，便知北方文人之不易抬头，而且不易脱南人之窠臼。然而在魏、晋以来，北方也出了不少的文士（《隋书·经籍志》所收者不广），但有种趋势始终与南方不同的：一是他们比较善于持论，擅散文而不能为流连哀思之诗赋。故魏收曾言："子昇不能作赋，邢子才有一二首，然非其所长。"二是他们中的诗人并不多见，如邢如魏如温所存的诗均不过各有十余首。但他们作的诗虽不多，颇能绝对服从当时流行的声律论，倒比南朝尚有少数人反对的纯粹些。

谈到北魏的散文，大家都能忆起两位不朽的作者，一为作《洛阳伽蓝记》之杨衒之，一为作《水经注》之郦道元。这两部书不但可以说颇富于文学的趣味，简直可以称之曰散文诗。《伽蓝记》将洛阳寺宇历历绘出，令人追慕中古建筑艺术之美妙绝伦。《水经注》描写山水之空灵缥缈，与当时南方大诗人谢灵运所发表之山水诗，正是旗鼓相当。到了唐代的柳子厚山水文即学郦，而诗又出于谢。清代王闿运山水诗学大谢而兼以《水经注》。

至于北齐之代表作家，如祖鸿勋、樊逊等人，亦皆能为文而不能为诗，这真是一代的风气所使然。

第三期　西魏迁长安至北周

此期北朝史迹颇繁复，列简表如次：

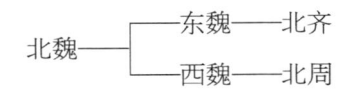

```
北魏──┬──东魏──北齐
      └──西魏──北周
```

北魏末，宇文泰奉文帝迁于长安，为西魏。建都二十四年，宇文始自立为北周。周立国二十一年，始灭高齐。再过十一年，然后入隋。隋又次灭陈，南北始归统一。

在梁元帝江陵称制与西魏开衅后，江陵破，元帝被杀。越三年，宇文始复篡周。在元帝未被杀以前，庾信由南奉使入北，遭梁又与魏开战，被阻不得归。后来南北讲和，各释俘虏，唯有庾信与王褒始终未被北朝人放回，所以他们二人均终老于北地。

此期中所发生的两大事件：（一）为南方文学之反响；（二）为南北文学之合一。

北方的文人心目中所最崇拜的，就是南方的文人，于是以后北方的文人作风也渐渐地"南化"起来，殊与北人之本来的淡素之口味不合。于是有北地忧时之士，苦口婆心，欲挽狂澜于既倒，此派当以苏绰为首领。他的文章均为单笔，乏藻采，当时又得宇文泰当国，亦禁斥浮华，令苏绰为朝廷作《大诰》以训诫群臣。（按：苏氏未见北周立国而亡，令狐德棻以宇文当国之日，为北周开国之时，至清代谢启昆作《西魏书》始改正此误。）到了稍后，南方又有姚思廉之子姚察修《梁书》，亦深恶当时之骈偶气习，作文专用单笔。到唐代又有韩、柳等之作古文。其实讲古文运动，应以苏绰为始祖。

声律说起于南，而北人应之；古文说乃起于北，而南人从之。但在当时积习不易废掉，故令狐德棻《周书》批评他说："绰建言务存质朴，遂糠秕魏、晋，宪章虞夏，虽属辞有师古之美，矫枉非适时之用。"

其实此期所最当注意者，并不在单笔古文之崛起，而在南北文学之合一。关于沟通双方文化的先驱者，当推南朝之庾信与王褒。子山是太平时奉使入北，直至南北开衅，欲归不得。王褒先与梁元帝同守江陵。江陵既破，元帝愤慨，竟尽焚其书曰："文武之道，今夜尽矣。"而且同时他们君臣俱投降北方，这就是当时两位诗人入北之始。虽说以后两方媾和，各把俘虏放回。庾、王二人始终被北人死死留住，终究未能还乡。但北人之尊崇他们二人，亦无微不至。因之北方文学风气，颇受二人影响。甚至于写字，原来北方人最崇拜赵文渊的，即到王褒入北，北方人均舍赵从王，连赵文渊自己也从新改学王褒之书法来了。至于庾信更受北人抬举，无论在朝在野，莫不以能读子山之文为荣。《庾信传》说："由是朝廷之人、间阎之士，莫不忘味于遗韵，眩精于末光，犹丘陵之仰嵩岱，川流之宗溟渤也。"可见当时他在文学界上权威之一斑。以下专讲庾信。

梁、陈之间文体，每以徐（陵）、庾（信）并称，这是子山早年事实。那时他们的兴致蓬勃，所以能做出许多浓丽的作品出来。及至入北周以后，羁身异域，乡愁独多，由柔艳靡绮之什，一变而为慷慨激昂之歌。但他终究又脱不尽南人气骨，所以他的作品，竟能兼有南人之温丽与北人之刚劲。因此不能以永明以后浮艳的传统作风去范围他。谈到作赋吧，他能另开一种境界，如他的《哀江南赋》，外表最善以单笔运用复笔，而内容又加入时事而且夹以议论。照明人赋之分类法，为古赋（汉）、俳赋（六朝）、律赋（唐）、文赋（宋）。子山虽生于六朝之末，他偏不作俳赋，而来作为宋代文赋之远祖的《哀江南赋》。又如诗，他的最有名的《咏怀诗》二十七首，在子山集中，可算代表作品。论其形式，则为古体过渡到律诗之新体；论内容则为感慨身世，与当时用此等诗体咏叹宫闱的完全异样。以此等诗为南北朝文学之结束，似觉可怪。但从现在看来，像《咏怀诗》这样的作品，非带有点北方刚劲气质的人不能作，然而若不是南方的才人羁旅于北方的亦不能作。此诗影响后代诗人倒不小呢。

第九章 隋代文学

隋代的局面，很与从前的秦朝相像。秦能统一六国，而隋能统一南北。两朝的国祚甚短，均传至二世而亡。而且秦始皇与隋文帝所用以治国的方术，都是出于法家。因为此时统一，文学分南北的这条惯例，现在又不能适用了。如薛道衡为河东人，杨素为华阴人，均是北方人，但均是诗家。

隋代名为三传，而实为两代。隋文帝是一个征讨的武人，最没有文学的兴趣。同时又得他的臣子李谔迎合皇上风旨，上书论文体浮薄，文帝甚为嘉奖。一切文学，均禁浮华，有些章奏做得华丽的，且因之而得罪。但是可惜他的家教最不足法，偏偏在杨家生出一种酷嗜文艺与繁华的杨广来。

在唐人所修的《隋书》中，对于隋代文学之批评未免隔膜，如《文学传叙》上有下面几句话：

"隋文初统万机，每念斫雕为朴，发号施令，咸去浮华。……炀帝初习艺文，有非轻侧之论。暨乎即位，一变其风。……虽意在骄淫，而词无浮荡。"

杨广天才极高，只看他的《饮马长城窟》等作品便可以看得出。但他颇能为浮荡之辞，如《春江花月夜》二首，如《晚春诗》《月夜观星》《赐守宫女》诗，尚不叫它作浮荡，恐天下再无浮荡之辞了。炀帝不惟自己喜欢作诗，但他同时又喜与臣下争炫才能，如薛道衡所作之《昔昔盐》中，竟由"空梁落燕泥"一句，作得最佳而被杀。

炀帝复向人夸口说道衡现在远能作"空梁落燕泥"否？再有一位诗人王冑曾有名句为"庭草无人随意绿"，也被炀帝嫉妒不过而被杀身。但他们君臣的确留下了不少的佳句，又均是属于浮艳一方面的。如当时最流行之调子，亦以属于艳歌一类的为多。如上所说之《昔昔盐》，昔同夕，夕夕犹言夜夜，盐即引，引等于艳歌。

隋代文人，只有杨素所作比较风骨高骞，尚少当时所流行之南人的轻靡的气习。

总之，这代的国祚既短，又以法家之学说治国，在文学史的价值，实不见得顶高，只可说是由六朝至唐朝之过渡时期。但此代实关中国文学史上之黄金时代的唐朝的先路。

第十章 唐代文学

总　论

唐代文学，在中国文学史上占有很重要的位置。因为这一代文学的范围极其广大，可以说是古今文学的一个转折的时期，它结束了由周至隋的旧时代，而开创了由唐至清的新时代。虽说为时不过三百年，但文学的情形却十分复杂。且先把它的各种特点提出来讲一讲：

（一）文人数量之激增　提及唐代文学，我们便联想到唐诗。单就唐代诗人的数目，大约来计算计算，宋人计有功作《唐诗纪事》时所采录的就有一千零五十家，到了清康熙时所辑的《全唐诗》，入选的约计二千二百家。平均说起来，唐朝每年都有七个诗人产生，至于其他作家尚不计算在内。

（二）各种文体之完备　前代所有的各种文体，唐代都保全了，而且又开创了几种新文体。以下分别说明：

甲、诗　汉、魏、六朝的古体诗，在唐代还是盛行，此外更加了一种近体诗。除了五言诗以外，七言诗更非常兴盛。

乙、词　唐代为词的萌芽时代。虽世传之李白的作《菩萨蛮》不可靠，但到了白居易之作《忆江南》，刘禹锡之作《竹枝词》及《潇湘神》，总算为由诗入词之过渡作品。至唐末温庭筠更为填词的大家。

丙、赋　律赋始于唐人，与汉赋、六朝人赋不大相同。

丁、文　无韵之文，唐代作家更多。随便翻开《文苑英华》与《唐文粹》之类来看，质与量均不弱于他代。宋以后所说之古文，亦由唐代韩愈、柳宗元而起。至于骈偶的文章，自有李商隐、段成式等推波助澜，以后他们又被推为后世所称的四六文之祖。

戊、小说　唐代文人，多半把他们的空闲时间来做小说，实开宋、元短篇小说的风气。如沈下贤、白行简、元稹等，均为短篇小说之能手。凡唐人所作流传至今的《柳毅传》《霍小玉传》《虬髯客传》等篇，都是很幽美动人的作品。

（三）风格之特殊　唐代文人，只要成为大家，莫不具有一种特殊之风格。如杜甫与李白虽同为诗人，都各有其独到之处。韩、柳与温、李虽同作散文，然前者则醇古有致，后者又工致绝伦。

（四）思想之复杂　唐代文人，大半是自由思想者，毫不为一家成见所拘束。如杜甫的思想，出入于儒家、道家之间。李白不惟有道家与神仙家思想，且受景教的影响。王维与白居易很相信佛教。至于皮日休、陆龟蒙简直有道教的思想。诗人思想派别之复杂，可谓达于极点；正惟因其思想之复杂而不受拘束，所以能成其为伟大。

以上所说的，只是唐代文学的几种特点，但是构成这种种特点的原因在哪里呢？

（一）政局之统一　统一南北朝的为隋代。承隋之后，而规模更见宏大的，便是唐代。此时南北思想打成一片，故文学上绝无南北的界限。在唐朝以前诗人的籍贯，南人较北人的数目为多。但到了唐朝，北方的诗人，反而比南方的多，如唐初的四杰，王勃是龙门人，杨炯是华阴人，卢照邻是范阳人，他们都是北方人，只有骆宾王为义乌人。又如温庭筠是太原人，李商隐是河北人。其他北方著名的诗人尚不少。可见当时是无南北的界限的。

（二）交通之便利　不但南北的界限至唐代而消灭，就是东西的界限，也至唐代而推广。当时由天山南路以通西方印度、波斯、大食等处。这是由于李渊起家在陇西成纪，与胡地相近，立国后对于东西门户，完全开放。因为当时亚洲的文化除印度以外，只有中国最高，所以东西各国，如日本、高丽、波斯、阿拉伯的人，都相约而来。而且唐代的用人，完全注意人才，无国界的限制，外人取功名的亦不少。因为唐代文化的远被四方，所以外国人至今日尚有称中国人为唐人的。我们可以说唐代不只可以代表中国之文明，且可以代表亚洲之文明。因政局一统与交通便利，就发生以下两种情形：

甲、学校　当时学校制度即已盛行。太学学舍竟有千二百区，同时听讲学生，竟有八千人之多。新罗、高丽、百济、高昌、吐蕃等国，均派有子弟来留学，日本人也从那时学了许多中国的文化过去。

乙、宗教

1. 佛教　贞观时，玄奘法师留学印度，法相宗因此传入，密宗亦在唐时传到中国。

2. 伊斯兰教　伊斯兰教起源约在隋代，然传至中国最早时即在唐代。

3. 景教　当贞观时，景教由波斯传入中国，此教即耶教之一种，当时被称为波斯教，因波斯为大秦所灭，故又称之为大秦景教。（郭子仪曾将其私宅捐为礼拜寺。）

4. 袄教　即拜火教。此教以火为光明之象征，拜火即崇拜光明之意。亦由波斯传入。

5. 犹太教　后又称之为挑筋教，盛行于开封一带。

6. 摩尼教　亦从波斯传来。

此外尚有一种中国本来的宗教，在唐代被立为国教的道教。

唐代皇帝姓李，自以为是老聃的后裔，乃尊老子为太上玄元皇帝。但唐代绝不因自己崇拜道教之故，而摧残别的宗教。当时信仰极其自由，并且每种外教传入之后，还受唐代法律的保障。

（三）君主之提倡　唐代的君主能作文章的颇多，如太宗、玄宗等尤为杰出。太宗时召集一班有文才的人，名之曰十八学士，如虞世南、欧阳询都是当时著名的文人。在他的敕修的《晋书》之内，他很崇拜陆机的文学，与王羲之的书法，所以《晋书》中的《陆机传论》及《王羲之传论》，都是出于唐太宗的"御制"。

（四）选举之影响　中国选举的制度，隋代实是一个转机。以前所通行者为荐举：先由州郡选好以后，再进之于朝堂。但是流弊甚大，自晋、魏以外，选举差不多是以门户做标准的，只要翻开《南史》《北史》一看，凡九品中正之选，南朝人不是姓王便是姓谢，北朝人不是姓崔便是姓卢；至于寒门微族，被选的希望绝少。至隋文帝大业时，方废除门户而改用科第制度。到了唐代，仍然因袭此制，不过考试的科目更加繁多。唐代科举，竟有数十种，最贵者有秀才、进士、明经几种。唐人取明经考试时，用帖经之法，颇浅薄可笑，所以唐人的经学不甚发达。而且在唐人的眼光中，把明经科看得不甚重，当时士人都以得中进士科为荣。即如孟郊、贾岛诸人的诗中且以进士落第为莫大憾事。韩愈作诗诫子，也谆谆望他们后来取得一官半职。于此我们可以说唐人作诗的动机，或者不如宋人的纯洁，因为他们都是有所为而作的。不过这种原因，倒未必尽然。唐代考试用诗赋，不一定开国时就是如此，最初考秀才、进士、明经三科，皆用策。至高宗永隆二年（六八一）考试，才用箴、铭、论、表等杂文；至武周垂拱元年（六八五），又改用赋。到了开元七年（七一九），才正式以诗取士。那时用的是排律诗，虽说钱起的"曲终人不见，江上数峰青"（《湘灵鼓瑟》）、崔曙的"夜来双月满，曙后一星孤"（《明堂火珠》）等名句是从考试进士中得来的，然而可惜唐代的两位代表诗人——杜甫与李白都并不是进士及第。

（五）生活之繁丰　唐代门户大开，以致国中五方杂处。许多从前没有的宗教，未见过的外国人，都从外面输入。当时又承隋代统一之后，武力文治，都臻极致。人民生活在这样太平的新时代，对于优美的人生，定是用一种享乐的态度，至于生活之丰裕，自不待言。

（六）外乐之输入　每代的文学，尤其是诗歌，多少不免同音乐脱不了关系。唐初音乐名目颇为复杂，有俗乐、雅乐之分。又从西域如龟兹、疏勒、印度等地输入了新的调子。故七言乐府，在唐时很盛行，如什么《伊州曲》《凉州曲》《渭州曲》都是在与外族毗邻的境界中，受"胡乐"的影响而产生的。

唐代文学分期说

论到每代的文学分期法，本来是一件极勉强的事。就唐诗来说吧，前人多分为初、盛、中、晚四期。但是有些诗人，不知究竟要分在哪一期才好，即如杜甫，他本来生于睿宗时，而死于大历中，若举他来代表盛唐，但是他有许多好诗大半是到中唐时所作；又如钱起为大历时诗人，足可以代表中唐，但是他是天宝十年（七五一）的进士，在当时已很享盛名。可见这种人工分期法，是极其牵强的。但为讲述便利计，却又未能免俗呵。

现在且把从前人对于唐代文学的分期法，列举如下：

（一）三分法

甲、姚铉（见《唐文粹》）

  第一期 陈子昂"起于庸蜀，始振风雅"。

  第二期 张说"雄辞逸气，耸动群听"。苏颋"继以宏丽，丕变习俗"。

  第三期 韩愈"起绝群流，独高邃古"。

我们在这里要注意宋人与唐人论文之眼光完全不同。唐贞元以前论文的眼光，还是用的六朝人的，而宋人论文的眼光，乃用唐人元和以后的。

乙、宋祁（见《新唐书·文艺传序》）

  第一期 高祖、太宗"江左余风" 以王勃、杨炯为代表。

  第二期 玄宗"崇雅黜浮" 以张说、苏颋为代表。

  第三期 大历、贞元"法度森严" 以韩愈、柳宗元为代表。

照宋祁以上所分，是以无韵文为主体，但诗之变化，不一定受此影响。

丙、严羽（见《沧浪诗话》）

  一、汉、魏、晋与盛唐 （开元、天宝之间）"第一义"

  二、中唐 （大历以还）"第二义"

  三、晚唐 "声闻辟支果"

严沧浪以禅理喻诗，他生在南宋，他颇不满意于北宋人之一心揣摩韩愈而抹杀其他作家。他力矫此弊，所以发出这种议论。照他的说法，韩愈已打入第二义以内去了。

（二）四分法

甲、杨士弘（见《唐音》）

  一、始音（王勃、杨炯、卢照邻、骆宾王）

  二、正音（由王绩至张志和）

三、接武（皇甫冉至刘禹锡）

　　四、遗响（贾岛至吴商浩）

乙、高棅（见《唐诗品汇》）

　　一初

　　二盛

　　三中

　　四晚

既明知分期之不当，但为讲述的便利起见，姑且暂定标准如下。

第一期初唐（六一八至七一二）　高祖武德元年起。

第二期盛唐（七一三至七六五）　玄宗开元元年起。

第三期中唐（七六六至八四六）　代宗大历元年起。

第四期晚唐（八四七至九〇七）　宣宗大中元年起，至唐亡。

第一期　初唐文学

在每次开国时期的文学，它的变迁决不如改朝换代之显著。而且新朝之初，与旧朝之末的文人，到底还是这一班人。如魏黄初的文学，是建安之余绪。宋初文人，尚有十国之遗老。可见开国时文学的趋势，一方既然保存着前代旧的体格，一方还要另外创造些新的花样。唐初的文学，当然不是例外。据《唐书·文艺传序》里说：

"高祖、太宗大难始夷，沿江左余风，缛句绘章，揣合低卬，故王、杨为之伯。"但是在姚铉的《唐文粹》的序上说法又不同。他说：

"唐三百年，用文治天下，陈子昂起于庸蜀，始振风雅……"

其实以上两种说法，本是相反而又是相成的。《文艺传叙》从保守旧的文学一方面着眼，所以举唐初四杰为代表。《唐文粹序》从开国后革新文学一方面入手，所以举陈子昂为代表。以下再分开来说明：

（一）齐、梁派　唐太宗是一个文学的爱好者，他曾亲为晋代文人陆机作赞论。他很喜欢作宫体艳诗，颇引起虞世南的正言谠论。然而虞世南虽知劝人，到他自己名下作起诗来，仍然不免是"靡靡之音"。唐太宗虽然赋有文学天禀，他又开文学馆召集当时一班有学问的人，名曰"十八学士"。这些人都是陈、隋遗留下来的；里面有政治家，如房玄龄、杜如晦等；有经学家，如孔颖达、陆德明等；有史学家，如姚思廉等。只不过有一个蔡允恭入了《唐书·文艺传》，倒可称为一个十足的文人。但是其余的虽与唐初政治与学术大有关系，但对于文学上的影响，实在并不甚大。所以谈到初唐文学，应当注意的，当在高宗以后，且略举几个最著名的文人如下：

一、上官仪　他是此时代表齐、梁派的第一人。他是贞观初年的进士，在当时极负盛名。他的诗被人传诵的秀句，有"鹊飞山月曙，蝉噪野风秋"等。这种当时所谓"上官体"诗的趋势，不外乎声律调协，及对偶工稳。说到对偶，且看《文心雕龙·丽辞篇》也不过举四种，如什么"言对为易，事对为难，反对为优，正对为劣"。至于上官仪又弄出六对、八对的名目。他所说的六对，就是：（1）正名对，如"天地"对"日月"；（2）同类对，如"花叶"对"草芽"；（3）连珠对，如"萧萧"对"赫赫"；（4）双声对，如"黄槐"对"绿柳"；（5）叠韵对，如"彷徨"对"放旷"；（6）双拟对，如"春树"对"秋池"。他所说的八对：（1）地名对，如"送酒东南去，迎琴西北来"；（2）异类对，如"风织池间树，虫穿草上文"；（3）双声对，如"秋露香佳菊，春风馥丽兰"；（4）叠韵对，如"放荡千般意，迁延一介心"；（5）联绵对，如"残河若带，初月如眉"；（6）双拟对，如"议月眉欺月，论花颊胜花"；（7）回文对，如"情新因意得，意得逐情新"；（8）隔句对，如"相思复相忆，夜夜泪沾衣；空叹复空泣，朝朝君未归"。对偶的分类竟如此之麻烦，恐他自己提笔时也未必能完全记得呵。

唐自开国以后，本袭江左余风，又加以上官仪之推波助澜，时尚较前尤为绮丽，他的孙女婉儿后来在武周时也掌握文学的权衡。她的作品及对于文学的见辞，却是承袭她的祖父而来的，当时一般人的风气，当然可以想见了。

二、沈、宋及四杰　诗之分为古体与近体，始自初唐，而沈佺期与宋之问即被人称为律诗之祖。自从王融、沈约一班人创为四声之说，以后诗的声律的限制，较前为密，但是沈约等自己创立的规则，当时却未必能完全遵守。由古体诗演进到近体诗的途程中的一种过渡的作品，近人王壬秋把那吟作新体诗。自沈约以后，一直至初唐，此风总未改变。直到沈、宋出来，才把真正的律诗的格式树立起来了。究竟新体诗与真正律诗之分别又在哪里呢？看《谢灵运传论》说："前有浮声，后须切响。"这岂不是明明指的平仄而言？如"英辞润金石，高义薄云天"，即属此例。《文心雕龙·声律篇》中飞沈之说，可举"辘轳交往，逆鳞相比"二语来说明律诗的真相。律诗的平仄如下示：

仄仄平平仄	或为	平平平仄仄
平平仄仄平		仄仄仄平平
平平平仄仄		仄仄平平仄
仄仄仄平平		平平仄仄平

第一，律诗要有周期。满了四句，又周而复始，此即谓之"辘轳交往"。第二，律诗的平仄相间，两平两仄，相排而下，故谓之为"逆鳞相比"。真正律诗的格调，必要合乎上述两个条件。至于

所谓新体诗，不过声调和谐，顶多能做到逆鳞相比一项。例如薛道衡的《昔昔盐》："垂柳覆金堤，蘼芜叶复齐。水溢芙蓉沼，花飞桃李蹊。"

以上所举的诗，还谈不到辘轳交往。到了唐初，此风尚未改变，即到沈、宋出来，律体方正式成立。随便举他们的律诗来作例，如沈佺期之《杂诗》："闻道黄龙戍，频年不解兵。可怜闺里月，长在汉家营。少妇今春意，良人昨夜情。谁能将旗鼓，一为取龙城！"

此种律诗的格词一成，与当时的绝句及考试的试律诗均有关系。绝句乃以四句为一周期，五七律诗增至八句，分为二周期。至于当时试律，更增至十二句，乃至成为三周期了。

更奇怪的，就是当时及以后所作的古诗，亦几与律诗同化，如张若虚所作的《春江花月夜》，以古体诗而夹着许多律诗的句调在里面。

律诗发达的次序，是先由五言而起的，由五言再进而为七言。

四杰乃王勃、杨炯、卢照邻、骆宾王四人，虽非律诗之倡始人，但在当时的名声，及被盛唐时人所称述，更较沈、宋为高。四杰的文集，至今尚存，可惜沈、宋的多已散佚了。这四位不消说是齐、梁派中之健将，不惟作诗负盛名，即骈文亦华赡可观。他们大半是学庾子山的。他们的才调纵横，气象亦甚阔大，虽为后来复古派所讥评，但大诗人杜甫等对于他们也有相当之敬意。在他的《戏为六绝句》中说:"王、杨、卢、骆当时体,轻薄为文哂未休。尔曹身与名俱灭,不废江河万古流。"

当时的诗的形式,是格律化。但是内容较前代怎样,趁此说明如下:

一、宫闱　这完全是承江左之余风,乃六朝宫体诗之一种变相。初唐诗人,多少总与这方面脱离不了关系。

二、边塞　唐代武功,炫耀四方。所以歌颂战功的作品很多,同时又有许多非战思想的文学出现。

三、玄谈　在前有鲍照《行路难》之类,诗中陈说许多玄理。此时不过易谈玄之五言诗为七言或杂言。自武周以后,七言名家很多,四杰之外,如刘希夷、张若虚、李峤等,都是长于七言的。在武周以前,七言诗多属短篇,如乐府诗《行路难》之类,到武周后长篇始出现。这里举张若虚的《春江花月夜》来说明。

《春江花月夜》,原为乐府诗,由陈后主造题,与《玉树后庭花》《堂堂》等同调。陈代歌词,可惜而今不见。现在此词可见而又最古者,是为隋炀帝所作。其词为:"暮江平不动,春花满正开。流波将月去,潮水带星来。"新奇可诵,但只有五言四句。即至张若虚作此题时,洋洋长篇,极诡丽恢奇之能事,满篇富有玄理,而毫不觉沉闷,如"江畔何人初见月?江月何年初照人?"谁能举出答案?此外又如刘希夷之"年年岁岁花相似,岁岁年年人不同",李峤之"山川满目泪沾衣，富贵荣华能几时？不见只今汾水上，唯有年年秋雁飞"，都是带有玄理的。

可是此派的作家，我们虽暂定名之曰齐、梁派，其实与六朝不同之处有最显著的几点，就是较之从前词句更加长密，律调更加谨严，而文气亦更加壮盛。

（二）复古派　这差不多是一种极普遍的现象：每朝的文学运动达到极盛的时候，同时必定生出一派反动思潮与之对抗。或许这正是一种好现象，因为大家倒不必同齐逼上一条路上去走。唐初文学，沿江左余风，最早对于六朝艳体生反动的，要算虞世南，他劝太宗不可作宫体诗，但他的话在当时毫未发生效力，即他自己作的诗，也不脱齐、梁圈套。

在贞观时，十八学士之一姚察的儿子名叫思廉的，继续他的父亲未竟之业修梁、陈二书，传论多用单行直叙，远宗《史记》派之单笔，与《晋书》等之宗《汉书》用复笔的大不相同。这是一位初唐时散文中复古派之代表。

作诗与当时潮流反抗的，最初有王绩（字无功），现在还有他的《东皋子集》传于世。他的诗，多属于赞美自然，清微冲淡，风格极似陶渊明。他对于当时诗人的脂粉习气，丝毫也不沾染。但是他自己尽管这样做下去，对于当时一点儿影响也没有。一半固然由于积习骤难打破，再则由于他是入《隐逸传》的名士，当时交游不广，所以不能形成一种改造的风气。

以上一位史学家与一位隐逸诗人，虽有心复古，但都是心有余而力不足，所以对于当时并未发生什么影响。最先把复古的旗帜张展起来的，还要让到武周时的陈子昂，以后韩愈不是明明称颂他"国朝盛文章，子昂始高蹈"吗？

陈子昂，字伯玉，四川射洪人。相传他原来默默无闻，他用了千金的高价把当时人很注意而不敢买的长安市上的胡琴买回家去，许多名士都欣然被请去听他弹弄；不料他突然将此乐器摔在地上，立成粉碎状，当众人齐声叹惋之时，他却大发牢骚，说从来没有一个人注意到他的比胡琴还珍贵到十分的诗文上面去。他趁此机会将他的文集散给大众，于是一日之间，各满长安。从这个故事看来，他兼能诗文，不若姚思廉之只能作散文；他善于做一种革新文学的运动，不比王无功之只留作自己欣赏。

他所作的极有名的《感遇诗》三十八首，是学正始中阮籍的《咏怀诗》。他所作的五古，多属单笔，然而作起律诗来，还是遵守当时的体制。他不惟作诗改变风气，即散文亦然。在武后时上书言事，完全带建安文人的风格。所以我们在今存的《陈伯玉文集》中，读到他的论事书疏，皆疏朴古茂，毫无华饰。然而他所作的贺表及序之类，仍然是用复笔作的。总之，他是一个有意复到建安正始的时候的文人。他之所以为韩退之所佩服，就是因为他们的文都是主变，而且以起衰为原则的。但子昂的诗,却能在当时树立一派。至于改变散文的风气,到了元和韩退之的时候,才能算正式成功,此时不过发端罢了。

唐代两个复古的诗人,陈子昂与李白都同是蜀人。

第二期　盛唐文学

唐代固有的文学到了此时,才一齐正式成立。略比于从前汉武帝时代。实为唐朝文学的最高顶点。

让我们假设一种走路的比喻,来说明此代文学的趋势,当更得到一种明了的观念。

先从初唐讲起吧:那种雕琢藻绘的姿态,若以境界而论,倒像琼楼玉宇,深闺重闼。我们试读宫体与律诗,仿佛在闺阁中拜见满身珠翠的千金小姐一般。到了盛唐他们经不惯房帏的掩闭,于是走到康庄大道,乘着高车驷马,尽驰骋之能事。后来谁不佩服李、杜二公之诗境壮阔,旁若无人呢!可惜大路虽宽,现已被人走过,于是另外又有一些人,觉得深闺太拘,而康衢又太阔,反不如桓盘于花园果囿，优游卒岁；或竟至往来于鸟道羊肠，铤而走险。前者是大历十子，后者乃元和诸公。这岂不是中唐的一幅绝妙写照吗？在中唐时期另外有一班人，因为无论大路小径，坦途险道，都已被人走尽，他们不得不再觅他种方向，不得已拣择一块旷野平原，信步盘旋，这就是妇孺都解的元白诗所到的境界。凡是真正特立杰出之人物，决不屑走人家已走过之旧路。先是走窄路，渐走到宽路，又转到窄路，又跑到宽路，但是不幸而陆地上的路都已有人迹之时，于是不得不舍陆而涉水，舍车而乘舟了。到了晚唐五代，大家觉得好诗已被前人做得差不多了，所谓"诗余"之词，乃不得不应运而生，这正犹如一般人颇以陆行为厌倦而另寻水路一般。

开元、天宝之际，可说是唐代极盛的时期，也可说是唐代极衰的时期。无论极盛极衰，都是为不朽的作品造种种机会。前章早已说过，唐代文学之发展，与当时科举颇有关系。因科举而使唐代的诗人激增，虽说不是唯一的原因，却是最大的原因。且将开元、天宝两榜进士的名单节抄如后：

甲、开元中进士之兼为诗人者，计有：

张子容 李昂 王泠然 刘慎虚 王湾 崔颢 祖咏 储光羲 崔国辅 卢象 綦母潜 王昌龄 常建 贺兰进明 陶翰 王维 薛据 刘长卿 阎防 梁肃 李华 萧颖士 邹象先 李颀 张谔 薛维翰 万楚 葛万 丁仙芝

乙、天宝中进士之兼为诗人者，计有：

岑参　张谓　杨贲　包何　包佶　李嘉祐　钱起　鲍防　张继　元结　郎士元　皇甫冉　皇甫曾　刘湾

我们看完上表，所得结论有二：

（一）进士中尽有大诗人在内，如王维、李颀、储光羲、崔颢、钱起，等等。

（二）再从表外去一想，如与王维齐名而又为王所佩服之孟浩然，他的名字并不见于此表中。至若世人所盛称的诗圣杜甫、诗仙李白也是榜上无名。李白功名心虽淡，而杜甫则屡试不第。于此可见科举虽可以开通风气，然有少数杰出之士，决不为风气所囿而埋没其独立的志趣。我们可以断定说，科举可得人才，而未必能得天才。

除了诗人的数量当此时较为激增以外，还有几种特点：

（一）各极所长　前乎此的诗风，如初唐诗人所表现的，论形式则以七古与五律为最多，谈内容则多描写宫闱情绪。他们的面貌，大抵相似，还没有专门擅长某种体制的诗人出现。到了此时，风气较前不同。各个诗人，就其性之所近，对于各种体制，都有特殊的专长，至于做到各体皆美的诗人，仍极少，因为天才实均有所偏至的缘故。

论到五古，李白不能不首屈一指，储光羲亦可称为大家。七古与歌行，仍然推太白为第一人，如李颀、岑参、高适辈，亦属此中能手。再说近体诗吧，王维、孟浩然的五律，实能出色当行。崔颢、王维与李颀的七律,委实令人难及。善于五绝的除王维外,还有裴迪等人。善于七绝的,更不能不推李白与王昌龄及王之涣呢。他们中间还有一个怪杰,几于各体皆备,而且各体皆好的,舍了杜甫还有谁呵!

(二)题材繁复　初唐诗人,承袭六朝以来遗风,诗的境界更加狭碍,所以他们描写的对象,每每为宫闱所拘囿。到了盛唐的诗人,取材便开展得多了。此时不惟内容改变,即声调亦多与以前不同,如作歌行并不用律调,他们的分派,如太白东川之诗,每多参入玄理,前者更杂以神仙家之言。王维与孟浩然的山水诗,极负盛名。还有一个田园诗人储光羲。至若岑参与高适,最长于边塞之作。临到杜甫,更好于诗中大发其议论,实为诗之散文化的鼻祖,他又以诗记载时事,所以后人把他叫作"诗史"。

(三)学古途广　文学最后的目的是创造,而最初总不出于模仿,尤其是在重视师承的古代诗人。他们的诗出于从前某家,其中每有线索可寻。初唐诗人所取法的古人,寥寥无几,而且限定极出名的诗人,才用来做模范。如建安正始的诗人,除陈子昂仿阮嗣宗的《咏怀诗》外,简直没有被唐初的诗人学步的资格。到了盛唐,他们作诗的题材既阔大,所以被模仿的古诗人的时代也延长,数量也加增。而且在当时,或以后不大为人所重视的诗人,也被此时人用来奉为圭臬,且发扬而光大之。如陶渊明与鲍照,前者的诗入文选的只八首,而后者又被人惋惜为"才秀人微,取湮当代"。曹操诗且被《诗品》列入下品，在齐、梁时学阮籍的，只有一个江文通。大谢虽称雄一时，然其诗颇难作，而且难懂，从前学他的也不见多。到了盛唐时，差不多自建安以后的，无论有名无名的诗人，都有被他们学步的资格，而且有时故意检取当时不为人所注意的诗人而取法之。推移时尚，以造成一种风尚。以下略举盛唐人学古之一斑。

杜工部之五古，当以《北征》《咏怀》和《三吏》《三别》为主，其得力处为曹操之《薤露行》与《苦寒行》，以及蔡琰之《悲愤诗》，实为杜诗所自出。至其五律，当以《秦州杂诗》为主，那些诗的渊源，是从庾子山的《感怀诗》二十七首出来的。（唐初未尝没有学庾子山的，但只取其浓艳而遗其感慨之处，惟杜工部不如此。）他的山水诗兼学大谢、小谢，颇能得灵运之雄厚而兼玄晖之明秀。次如李太白之《古风》五十九首，很可看出他从建安曹、刘直学到阮嗣宗的《咏怀》。他的山水诗又学谢朓。至于他的《蜀道难》《远别离》等与李东川之《杂兴诗》，则皆学鲍照之《行路难》。还有学陶渊明与二谢，尤其是小谢而为山水诗的，便是王维与孟浩然。学陶渊明的农家诗而喜咏田园的，便是储光羲。唐代学陶的还有几人，但以储氏为最肖。其他诗人，均各有其师承，以上不过略举数例而已。

于此可见他们学古的途径之广。齐、梁以来，被湮没的诗人与诗风，于此尽皆复活起来，而且真正的唐诗，亦于此时方能算正式出现。

李白与杜甫

唐朝是中国文学史上的一个黄金时代,唐诗又是唐代文学中的精华,而李白、杜甫又为唐代诗人之代表作家。自来谈文学批评或文学史的,没有不推尊李、杜的。不过在我们未讲此题之先,须将一般人对于李、杜比较的种种观念之不妥当的略加辨正。

(一)根据于地理的 以杜代表北方诗人,因为他家于河南巩县,住长安也很久,所以他的诗颇偏于写实一方面,这是北方诗人的特色,又以李代表南方诗人,以为他生于四川,后又到了湖北。所以他的诗很偏于浪漫一方面,这是南方诗人的特色。这种议论,尤以日本人之研究中国文学者为尤甚,如笹川种郎之《中国文学史》便主此说,近来颇影响到中国作文学史的人。以地域关系来区分文学的派别,只有在交通不便,政局不合,如南北朝、五代等时代尚可适用,到了唐代,文学早已没有分南北的界限了。

(二)根据于思想的 又有人以杜甫的人生观代表儒家,说他的作品,句句都不离社会,而以李白的人生观代表道家,因为他的诗大半有超脱人世之感。这话也许有一部分是对的。杜甫的思想,也并不是儒家可以包括的。至于太白之尚理想,崇虚无,诚然带有很浓厚的道家色彩;至于他的种种飞升远举之想,那是属于神仙家的,而且不免方士化了。其实太白又何尝完全抱着出世之想呢?人们总不能离弃社会而独立,惟其责望于人世者越大,故其对于世间之失望也越甚。到了不能"兼善天下"之时,只好逼上遁世的一条路上去。他的超出世间的思想,完全是由于他不能忘却世间的苦痛。如古之屈子、阮生均属此类。何况太白自幼便富于纵横之志,后来到处都不得意,精神渐归郁结。可见李、杜二人的思想,并不是根本上有什么分歧之处。

他们真不愧为千古的大诗人!决不易受时代及环境的影响。虽说他们在诗国的成就最伟大,但均不得意于当时之科举。他们都不是进士,他们的友谊虽然很浓密,但对其文学的主张毫不妥协。他们都能摆脱当时及从前被齐、梁所拘束之风气,各自寻找途径,出全力全智,去造就他们的艺术之王宫。

因为他们所走的路不同,我们更有比较二者之必要。大约言之:李白主张复古。他偏偏肯把他的旁逸斜出之天才,安置在古人已造好之模范以内,可说当得起建安以来古诗之一位结束的人物。杜甫主张革新。他的诗真是无所不学,但同时又能无所不弃,也不愧为元和以后诗风之开山师祖。先讲李白:

我们万不料这位被古今一般人目为大才横绝的太白,竟给我们派他一个复古派的健将的徽号,这并不是没有根据的。在太白之前的诗家而倾向复古的人,尚有如陈子昂、张九龄、孟浩然等人。可惜他们的天才均不及太白的伟大,所以成绩不大好。至太白便不同了。他有时颇以复古为己任而且自豪，他曾说过："梁、陈以来，艳薄斯极，沈休文又尚以声律，将复古道，非我而谁与？"他又以为"五言不如四言，七言又其靡也"。这也是他的一种复古思想的表现。因为诗之最古者为四言，五言次之，七言更后出。他的《古风》五十九首，开口便说："大雅久不作，吾衰竟谁陈！王风委蔓草，战国多荆榛。"又说："自从建安来，绮丽不足珍。"他断至建安为止，以外便看不上眼。这是太白论诗的大主张。现在更从他所存留于现在的诗的形式上看来，古诗占十分之九以上，律诗不到十分之一，五律尚有七十余首，七律只得十首，而内中且有一首只六句。《凤凰台》《鹦鹉洲》二诗，都是学崔颢的《黄鹤楼诗》，但也非律诗；因为只收古诗的《唐文粹》中，也把此诗收入。自从沈约发明声病以后，作诗偏重外表，太白很不满意于这种趋向，乃推翻当时所流行之齐、梁派的诗体，而复建安时的古体。在他所作的古体内，可以找出许多不同的来源。因为他的天才太大，分别去学古人，同时又能还出古人的本来面目。他的五古学刘桢，往往又参入阮籍的风格；七古学的是鲍照与吴均，五古山水诗学的是谢朓，又学到魏、晋的乐府诗，到了小谢以后，他便不再学下去了。可是魏、晋人作诗，多不大能变化，如陶、阮只善用单笔，颜、谢只长于复笔，惟太白则颇能变化，七古多用单笔，五古描写诗多用复笔。有人在此要反问道：太白诗既复古，何以集中乐府诗竟占一百十五首之多？杜甫曾说："李侯有佳句，往往似阴铿。"阴铿不明明是陈人吗？不过我们可以如此回答说：凡是反对某种风气的人，对于那种风气，必有极深的研究。太白对于梁、陈以来的诗风，极有研究，所以才不满意而欲复建安之古，故李阳冰说："至今朝诗体，尚有梁、陈宫掖之风，至公大变，扫地并尽。"他是真知李白之为人，而这样说的。

这里再转过来谈杜甫。他不惟不满意于齐、梁，而且不一定以太白之学汉、魏为然。以为永明、建安都是过去了的时代，说是古体，均差不多，又何必厚彼薄此？而且每代有每代之胜，又何必苦苦宗那一代呢？所以他说："前辈飞腾入，余波绮丽为；后贤兼旧列，历代各清规。"他一方面既不轻看古人，对于自己作诗，又总以求新为贵。所以他又说："不薄今人爱古人，清词丽句必为邻。"他并非完全不学古人。可以说在他的眼光中看来，从来没有一家不好，但同时又没有一家尽好。所以他学习许多的古人，但同时又推翻他所学习的古人。他正是一位诗国的革命家，从以下几种特点，可以看出：

（一）用字　古诗最重情致，而略于练字。最初有佳篇而后有佳句，再后有佳字。即如太白的诗，多为一气呵成。至于工部用字，极重锻炼的功夫。他颇有自知之明，他自己批评自己说："为人性僻耽佳句，语不惊人死不休。"又说："新诗改罢自长吟。"他很佩服阴铿及何逊，因为六朝的诗人，到了阴、何最讲求炼字。少陵有时且直用阴、何的成语。（黄伯思《东观余论》曾举出许多证据来。）可见"颇学阴、何苦用心"之句不是假话。相传李白也曾调笑他说："借问别来太瘦生，总为从来作诗苦。"杜诗中炼字最注意于动词，如"风起春灯乱，江鸣夜雨悬"之"悬"字，"爽携卑湿地，声拔洞庭湖"之"拔"字，都用得十分恰当而生动。

（二）内容　杜诗的内容，约可分为两大类：一种是描写时事，一种是输入议论。唐以前人作诗的内容，不外抒情、谈玄，或描写山水，藻绘宫闱。但用诗以咏叹时事的并不多，不过仅留蔡琰的《悲愤诗》、王粲的《七哀诗》、庾子山的《咏怀诗》等寥寥数种而已。至于在诗中大发议论的，尤为少见。以诗描写时事，为诗之历史化；以诗发抒议论，乃诗之散文化。把诗的领土扩大，不愧"诗史"的称呼，而又善于融化散文的风格的，不能不推子美为第一人。此类最重要的作品，如《奉先咏怀》《北征》等均是。元和时代的韩愈很受了他的大影响。到了宋代黄庭坚、陈与义诸人，更推波助澜，达于极点了。他的七古更能上下千古，议论纵横，远胜于前。在他以前的纯粹七言诗，如《燕歌》《白纻》用以抒情，《行路难》用以谈玄，到唐代李颀、李白亦更张鲍照之旗帜而发扬之。杜甫的七古亦然，且能兼有二李之长。他能将无论粗语细语，都装在他的诗内，而且没有不雅的。宋人学他的，有时便现出粗犷之相。他的五律作得很有名的，如《秦州杂诗》二十首之类，可认为是从庾信的《咏怀诗》化出的，这也是一条唐人所未走过之路。

（三）声调　自从齐、梁声病之说盛行以后，古诗即变为律调，开元、天宝间诗人，又生出了一种反响。但太白还是爱作乐府诗，竟占有三卷之多。子美不作乐府，他把诗和乐的性质完全分离。且看王渔洋的《古诗平仄论》，及赵秋谷的《声调谱》，渔洋发现古诗的平仄，自以为是"独得之秘"。他们的结论是：凡七古用平韵的，末后三字，必是平声，尤以第五字为最要。且随便举例，如昌黎诗："五岳祭秩皆三公，四方环镇嵩当中。"东坡诗："春江绿涨葡萄醅，武昌官柳知谁栽。"若改第五字平声为仄，便变成律调了。东坡的七古，本学韩退之的，又学杜。然最初发生此种变调的，要算王昌龄的《箜篌引》，惟到工部时更加尽量引用。又说七绝的声调，此种体裁之最早作家，为释汤惠休的《秋思引》："秋寒依依风过河，白雪萧萧洞庭波。思君末光光已灭，渺渺悲望如思何？"梁人七绝更多。隋代有无名诗人所作的"杨柳青青着地垂，杨花漫漫搅天飞。柳条折尽花飞尽，借问行人归不归？"均属声调和谐。太白七绝，受此等诗的影响甚大，故去拗调子极为铿锵悦耳。惟《山中问答》一首句句用拗体为例外。至于老杜的七绝，则以拗体的占十分之九以上。而如《江南逢李龟年》之声调和谐的作品，反算是例外。我从前曾作过《杜诗声调谱》，得一定例如下：就是他的七绝，全首以前二句拗者居多，前二句中又以第一句拗者为多。此种调门，后来黄山谷、李空同最喜欢学他。总之，子美的诗，无论内容及声律各方面，都极力避去前人已经走过的路，所谓用一调即变一……① 尚能得他的善变之处，至于明代人，只学得他的高腔大调罢了。

第三期　中唐文学

开元、天宝之际，为唐朝文学极盛时代。虽不必说盛极必衰的话，然而极盛以后，的确难乎为继。谈到诗的境界气象，竟由阔大而变为纤小，由雄奇而变为秀美。此期派别甚多，略分之为三大段，即大历、元和与长庆。

韦刘与大历十子

大历诗实为盛中唐文学之分水界。此时杜甫尚未死，而钱起、

---

①　此处原文缺字。——编者注

刘长卿亦为开元时人。然钱、刘并不列入盛唐，杜甫不被称为中唐的诗人，只因为从钱、刘以后诗风与前不同：既由伟大变为高秀，而所学的目标不出于王维诸人，再上不过学到小谢，且此时近体诗较前更为发达，如钱、刘之律诗，李益之七绝，均甚有名。惟韦应物专作五古，然其源流仍同于钱、刘二人。

韦应物与刘长卿

韦诗为人所称道的一点，总说他是出于陶渊明，不惟时人以陶、韦并称，他自己也承认"常爱陶彭泽，文思何高玄"[①]。但是细玩他的诗词高秀而华偶，与陶不很相像，这层在《四库全书总目提要》中已说得明白，其言曰："韦之五言古体，源出于陶而溶化于三谢，故真而不朴，华而不绮。但以为步趋柴桑未为得实。'乔木生夏凉，流云吐华月'，陶诗安有是格耶！"此处所说的三谢，指的是谢灵运、谢惠连与谢朓。其实三谢的诗格距离太远。惠连之诗存于今者甚少，不得而评。至于大小谢完全不相类。韦诗高秀，乃是出于小谢。单就用字来说，大谢诗中所用的颜色字极其浓厚而强烈，至于小谢则着色清微而秀发。如大谢的"原隰荑绿柳，虚囿散红桃"，

---

① 此句实出自白居易《题浔阳楼》。白居易推崇陶渊明和韦应物，在本诗中评曰："常爱陶彭泽，文思何高玄。又怪韦江州，诗情亦清闲。"——编者注

并不似小谢的"霜剪江南绿"与"春草秋更绿"之用"绿"字，更来得空灵缥缈。回头再来看，韦应物所遗留的一二百首诗中用"绿"字者，竟至四五十处之多，恐怕不只是与小谢暗合，而且是有意学他，所以与其说韦诗溶化于三谢，反不若说他出于小谢更为得当。除了小谢外，韦氏还学王维的五古。

当时一般人最喜作五古诗，故七言古诗很少见。有一位五言最负大名而被人称为"五言长城"的刘长卿。他诗的来源与韦同，但律诗较韦为多。不知为什么到了此时都趋向于做短诗的路上，五律、七律、七绝而外，还只有五古。至若像前代之纵横卷舒之七言长篇，很不容易得见，所以他们颇不易成为大家。

大历十子

关于十子的记载，后来意见颇为纷歧。我们现在且列举数说，略资比较：

第一说见《新唐书·文艺传·卢纶》，其人名为：

卢纶　吉中孚　韩翃　钱起　司空曙　苗发　崔峒　耿湋　夏侯审　李端

第二说见江邻几《杂志》，其人名为：

卢纶　钱起　郎士元　司空曙　李益　李端　李嘉祐　皇甫曾　耿湋　苗发　吉中孚

不知为什么既称十子，共计却有十一人。

第三说见于严羽之《沧浪诗话》，他未能将十子的姓名列举出，但是举有一个为前二说所未列的冷朝阳。

他们都是各说各人的话，不知有什么根据。至于十子之中，如崔峒、苗发、耿湋之流，所作的诗，而今实在不可得而见，于是在清代有一个以大历年代的诗人到如今尚有存诗可考者为标准，而厘定十子之数目，于是有——

第四说，为管世铭之《读雪山房唐诗钞》，其人名为：

刘长卿　钱起　郎士元　皇甫冉　李嘉祐　司空曙　韩翃　卢纶　李端　李益

大半管氏之说，也未必有所本。不过他所举的十子，个个的诗尚不坏，而今现在我们人人得见。

所以把他们十个人列在一起，就是因为此时诗人，对于个性之表现不甚强烈，看去大家的风格差不多是大同小异，或竟至含混不清，哪能像盛唐之李诗与杜诗各有千古呢？十子的诗，照现在所存的看起来，大概都能做到"颜色鲜美、声调铿锵"八个字。

元和之诗文

此处虽标题为元和，而元和略前略后之时代均包在内。讲诗则以韩愈、孟郊为代表,讲文则以韩愈、柳宗元为代表。诗与文至此时皆开前古未有的局面,且诗与文同时变化,而散文之变化所发生的影响更大。宋以来文人口中所说之"古文",均从此时开端。韩愈结束了由汉到唐以复笔作散文的风气,而代之以单笔,直到清代桐城派为止,他的势力不可谓不大。现在先论此时诗之变化。

讲到元和的诗人,每以韩、孟并称。照寻常人的揣测,以为韩愈的名声很大,孟郊一定是学韩的,其实完全不然。若以文而论,韩愈所走的是变古的一路。至于作诗,恐怕韩愈还要受孟郊的影响呢。此时的诗风,是追随杜甫以后而变本加厉的。他们都趋于悬崖绝壁的一流,诚有如陆机《文赋》所说的"谢朝华于已披,启夕秀于未振"的境界,韩愈与韦中立论文书所说的"惟陈言之务去,戛戛乎其难哉"。在这两句话中也可见他们作风之一斑。

何以说诗到韩退之的手里究和从前的大不相同呢?因为他首先不用作诗的方法来作诗,他硬用作散文的方法来作诗,所以叙事发议论都能畅所欲言。他是一个儒家的学者,他的哲学却是在第二流以下,然而他的学问极渊博。他所崇拜的是孟轲、扬雄。他的辟佛,大约是学孟子的距杨、墨,而他的文学造诣,却受了扬子云不少的影响,单看他的诗句的来源,便知此言之不谬。

(一)以字书入诗 汉代文学家如扬雄、司马相如之流,同时又是小学家。韩愈对于小学也很费了一番苦功,他自己又有"凡为文辞，宜略识字"的口供。他用了许许多多为平常所不经见的字，放在他的诗中，如他著名的《南山诗》《陆浑山火》及与孟东野《城南联句》，并不是一个并未研究过小学的人一翻就看得懂的。不但如此，有时他的诗句有六个字或竟一整句都是名词，那简直是有意模仿字书上的句法了，如《陆浑山火》中的"虎熊麋猪逮猴猿""水龙鼍龟鱼与鼋""鸦鸱雕鹰雉鹄鹍"。又有几于连句都是动词的，如同篇中之"燖炰煨爊孰飞奔"。这显然是有意学《急就篇》的句法以炫新奇的。

（二）以作赋之方法作诗 汉赋每喜用奇字奥义，韩诗亦然。可见两者取字的途径是一样的，此层前段略已提及。且赋最尚铺张排比，而韩退之的《南山诗》历叙山上之土、石、草、木，与春、夏、秋、冬，极其详尽，与汉赋之历叙东、西、南、北、草、木、鸟、兽章法颇相类。我们不妨说《南山诗》就是一篇每句五个字的赋。

（三）打破诗中之句法及节奏 这层就是他以散文入诗的具体方法的表现，如《石鼓歌》之"其年始改称元和"直是一句散文。他的五言偏偏要用上三字与下二字分节，如"有穷者孟郊""淮之水悠悠"。七言中用上三下四的拗句，更属平常，如《送区弘南归》之"落以斧引以纆徽"，及"子去矣时若发机"，又如《陆浑山火》之"溺厥邑囚之昆仑"及"虽欲悔舌不可扪"。这些地方，的确是不遵守诗句的成规的。

他的诗近体不如古体，五言不及七言。

他对于文学的主张，可见他与李翊书，大抵很注意于"惟陈言之务去"一点。他很推崇他的同时人，善为"涩体"的樊宗师，这位先生死后的墓志，就是退之的大笔。"不蹈袭前人一句，何其难也！"这是那篇文章中的警句。可惜樊氏虽能不蹈袭前人一句，而故意作来令人不懂，所以他生前所作诗文在一千首以外，流传到而今的只有两篇文、一首诗。而且令后世的人注来注去还是读不清楚。元代的陶宗仪、清代的孙之騄算是勉强把句子点断了。这种"涩体"，真可算是"矫枉过正"的成绩了。

在没有往下讲以前，且把中唐的几个著名的文人的生卒年月列表于左，以资比较。

人　名	生　年	卒　年	年　岁
孟　郊	天宝十年（七五一）	元和九年（八一四）	六十四
韩　愈	大历三年（七六八）	长庆四年（八二四）	五十七
白居易	大历七年（七七二）	会昌六年（八四六）	七十五
刘禹锡	大历七年（七七二）	会昌二年（八四二）	七十一
柳宗元	大历八年（七七三）	元和十四年（八一九）	四十七
元　稹	大历十三年（七七八）	太和五年（八三一）	五十四
贾　岛	贞元四年（七八八）	会昌三年（八四三）	五十六
李　贺	贞元六年（七九〇）	元和十一年（八一六）	二十七

从上表看来，以孟郊年岁为最早。长寿的有白居易，活了

七十五岁。短命的有李贺,只活了二十七岁。

韩愈在当时极倾倒孟郊,而元和之诗风实自孟郊始变。

孟郊

孟东野虽然活六十四岁,但是穷一辈子,下第,再下第,到五十岁以后才登进士,并未得到高官显爵。当他的晚年,儿子又死掉了。他的确是一个家苦而孤独的诗人。他的性情,他的境遇,都逼他走到刻苦惨凄的道路上去。如他《赠别崔纯亮诗》:"食荠肠亦苦,强歌声无欢。出门即有碍,谁谓天地宽!"真是活活画出一个愁云暗淡的苦吟诗人的形态。又如《秋怀诗》:"孤骨夜难卧,吟虫相唧唧。老泣无涕洟,秋露为滴沥。去壮暂如剪,来衰纷似织。"无怪乎后来的人都怕读他这种惨颜无欢的哀鸣语呢。

究竟这位诗人的才气很大,他不仅工于苦吟,而且有时出语的气象却非常之阔大,如《游终南山诗》"南山塞天地,日月石上生",《赠郑夫子鲂》"天地入胸臆,吁嗟生风雷。文章得其微,物象由我裁"等句,胸怀又是何等的宽宏!真是与穷愁的孟郊几不相类。后世诗人固然有尊重他的,也有不满意他的,如苏东坡以寒虫比他的风度,以小鱼及蛩蟛比他的品格,元好问又给他加上"诗囚"的绰号。这由于他们的遭遇及工力各不相同,所以大家不一定能互相了解。

再者，韩愈乃当时文宗，一代诗豪，何以偏偏颂扬他到极处，竟有"我愿化为云，东野化为龙"等句，这实在是因为孟郊的奇险，实开前代未有之创局；不仅是能改变唐代的诗风，而且是一个认真作诗的人。看他《吊卢殷诗》中的两句话："有文死更香，无文生亦腥。"可见他的意旨之所在。

至于像他一般狭碍的胸怀与穷苦的境遇，而诗的风格又颇相仿佛的，在汉则有郦炎与赵壹，在魏又有程晓，以后诗人之学东野的，有北宋的王令（有《广陵集》）及南宋之谢翱（有《晞发集》）。在元和同时诗人中，与孟郊相近者，尚有柳宗元。柳诗中也有幽怨苦楚，与孟东野抱同病之处，而且他们又同是有学谢灵运的地方，尤其是关于诗的色泽一方面。东野学到谢的烹练词采，子厚学到谢的藻绘山水。

柳宗元

再谈柳子厚吧。他是此期中山水文学之代表者，而他的渊源，乃出于六朝。

谈到六朝的山水文学，诗则推大小二谢，文则有郦道元。郦道元的《水经注》有些地方简直是散文诗，但柳子厚则能兼而有之。

大谢的描写山水的诗，不仅内容富丽，即诗题亦颇费工夫。柳子厚更学到大谢工于制题这一点。柳诗的题目佳妙的很多，随便举几个，如《湘口潇湘馆二水所会》《登蒲州石矶望横江口，潭岛深迥，斜对香零山》，以及《中夜起望西园，值月上》，老实说，莫说以上所举的几首诗的内容本来不坏，就是这些题目的本身，已经充溢了葱郁的诗意呵！

以后到了宋人，只有姜夔的词题制来颇为精妙，可说是由谢与柳传下的。

卢仝与刘叉

唐代的诗人数目极多，无论什么派别都有。讲到怪僻的作家不得不推卢仝与刘叉，他们都长于杂言，而带有一种特殊风格的。

刘叉的诗，存到而今的，只有《冰柱》及《雪车》两首。但只要这两首，已足以充分表现这位怪僻诗人之打破从前一切拘忌而畅所欲言呢。

卢仝的诗，完全收在《玉川先生集》内。他有一首极著名的《月蚀诗》。这首诗的背景，是当时宦寺之乱。稍后有韩愈的《月蚀诗效玉川子作》。到宋代欧阳修又作《鬼车诗》，都是极力模仿他，但是兴趣索然。惟有明代刘基作的《二鬼诗》还能仿佛得到他的好处。又有王令学到他的五言的一部分，此外十分注意他的人并不多。但他却不因注意他的人少而减少他的真价。

至于玉川子诗的来源，倒也别致。他不肯去模仿前代鼎鼎大名的诗人的风格,而另外去学汉代童谣及铙歌等类。他的诗取材的地方也极广,即如《汉书》中的《天文志》一大部分都被他采用在他作的《月蚀诗》内。

因为他太怪僻了,后来许多以大家自居的诗人,对于他这种"舍正路而不由"的态度是不大以为然的,且引元遗山论诗的诗,以见一斑:"万古文章有坦途,纵横谁似玉川卢?真书不入今人眼,见辈从教鬼画符。"

张籍与贾岛

唐代诗人擅长于五律的约分两派:第一,是杜甫的一派,气象磅礴,到宋以后占有极大势力,然而当时却不大兴盛;其次,就是张籍、贾岛的一派,就人人眼中所有,而人人口中所不能道的写出。要想把平常的题材,写得出奇,所以不得不借重于苦吟。

张籍在当时,他的乐府诗也很有名,即最善于作此类诗的白居易都很佩服他呢。"张公何为者,业文三十春。尤工乐府词,举代少其伦。"这是白乐天读文昌诗时的赞词。他不但长于乐府,五律也作得很好。看去似觉平淡,实在是从平常一般人所不经意处所挑剔出来的,所以难能而可贵。

至于贾岛作诗,更较刻苦。后来讲作诗叫作"推敲",就是由于他因为一句"僧推月下门"或"僧敲月下门"而惊动了韩愈的大驾的故事而来。他更由韩愈之提奖而还俗。他所作的关于咏和尚的诗尤其特别的好,如写火化和尚时,有两句是"写留行道影,焚却坐禅身",又有送和尚还山的诗,写"独行潭底影,数息树边身",下有夹行小注说:"两句三年得,一吟双泪流,知音如不赏,归卧故山秋。"于此正可以证明他的苦吟之一斑。

从张、贾二人以后,唐代诗人作五律的几无有能出二人范围以外的。晚唐诗人一派学张,一派学贾,此种势力,到清代尚盛。如乾隆年间有高密李怀民、李宪乔专门学张、贾的五律,竟成了高密诗派。怀民所作的《中晚唐诗主客图》,对于此派原委,分列颇为详审。此图引在下面:

张籍　清真雅正主

　　上入室　朱庆余

　　入室　王建　于鹄

　　升堂　项斯　许浑　司空曙　姚合

　　及门　赵嘏　顾非熊　任翻　刘得仁　郑巢　李咸用　章孝标

贾岛　清奇僻苦主

　　上入室　李洞

　　入室　周贺　喻凫　曹松　崔涂

　　升堂　马戴　裴说　许棠　唐求

及门　张祐　郑谷　方干　于邺　林宽

以上将《主客图》中人物胪列出来，可惜此书流传不广，刻本很难得。后来谈到此书的，有吴振棫在他的《养吉斋余录》载有此种掌故，再有杨钟羲在《雪桥诗话》上曾有批评。这是由于高密派首领当时只作客于桂林李松浦家（有《韦庐诗集》《二李评语》），与外边隔绝，故知道此派的人绝少。可是李氏兄弟之说，也不一定是创见，却受了明代杨慎《艺林伐山》中所说的影响。

此外学贾岛而最肖者：在南宋有永嘉四灵（赵灵秀、翁灵舒、徐灵辉、徐灵渊），到清末有释寄禅，号八指头陀者。明代人倒少有学他的。

李贺

他是唐代一位极聪慧的诗人，同时又是一位短命的诗人。太白既被人称为诗中仙才，而长吉乃被人称为诗中鬼才。他的诗格极幽细，七言比五言好，古体比今体长。他又善为乐府诗，但不像白居易、张籍用此种体制来诉民间疾苦。他的乐府诗，却是从齐、梁的宫体学来而改变面貌的。他的诗又很得力于楚辞，故虽为宫体，而不流入于浮艳。到了晚唐，有李群玉学他。李商隐、温飞卿也学他。到宋代的词人，多少都与他有点关系。

王建

王建,字仲初,被人称为宫词之祖。以七绝诗描写宫闱琐碎之事,计一百首。其后王涯又继之为《宫词》。还有曹唐的《游仙诗》、胡曾的《咏史诗》,都各有一百首之多。后代最精于此体者,为清初之厉鹗及清末之饶智元。前者有《南宋杂事诗》,后者有《十国杂事诗》流行于世。

以上叙述元和之诗已完,再叙其散文。

元和之文——韩愈

元和时代之文,也如此时之诗一样,通通是以变化为原则的。韩愈在当时大做他的"古文"运动。

自来散文之派别,不外二种:一属于理致,例如周、秦诸子之文,其用在说明义理,本非为文而作文;再属于词采,例如六朝人之文。自魏、晋以后,文笔之界分别甚严,凡为文者均以文为主而略于笔,但不幸到了元和时代,文笔的界限实已漫漶不可再分。若以晋后文笔的界说去衡量当时韩、柳的作品,他们所作的是笔而非文。单看他同时人的理论便可知道,如刘禹锡祭韩愈文中有句说"子长在笔,余长在论"。稍后杜牧的诗也说道:

"杜诗韩笔愁来读，似倩麻姑痒处搔。"可见唐时人是不承认韩愈的作品为文的。在后晋刘昫作《旧唐书》第一百六十卷上，才开始用"韩文"的名称。北宋苏轼作《潮州韩文公庙碑》称他的"文起八代之衰"。老实说，以纯粹文学的眼光来看，晋、魏、六朝的文学并未衰，到韩愈起而改革以后，倒真的把文弄衰了。但他虽未必能起八代之衰，却能变八代之貌。因为从韩愈以后，把四部书中的子集合糅起来，以集之文，发子之理，有时子的成分更多，把文学的界限弄到混然无存，于是文学的独立性质因之而失掉。他又挂起一块卫道的招牌，及其末流，就有一种"文以载道"的主张出来，这乃韩氏为厉之阶，咎无容辞的。

总之，从元和以后，文之最大趋势，即为以笔代文，以集代子。此种运动，实以韩愈为一个大力的斡旋者。但作文用单，并不始于韩愈。不过从他以后，更成为一种风气罢了。用单笔当以《史记》为宗，复笔当以《汉书》为祖。由六朝至中唐，可说是《汉书》的时代；自从中唐以后，可以说是《史记》的时代。但是在六朝举世以复笔为风尚之时，其中还有少数人，如北朝之苏绰、南朝之姚察他们的作品都是"笔"而非"文"。至初唐，陈子昂亦用单笔。盛唐时，又有元结亦用单笔。其后，又有独孤及，与他同调的又有萧颖士与李华，由独孤及而梁肃而苏源明，也是使用单笔的。韩退之初年作文，就是学独孤及。与韩同时齐名的有柳宗元，还有李观、刘禹锡、欧阳詹。出于韩的门下的,为李翱与皇甫湜。晚唐则有杜牧、皮日休、刘蜕、孙樵,都是从韩文脱胎而出的。到了唐代以后学他的更多,甚至以单笔的文跃而为正宗,而作复笔文者乃退为旁支。

韩愈的势力似乎越到后来越见显著。此后,人家对于他的批评,《旧唐书》作者,与《新唐书》作者就不一样。宋祁作《新唐书》自然有许多材料是根据刘昫的《旧唐书》而来的。刘氏对于退之尚有褒有贬,但是到了宋祁的手里,把贬他的话一齐都删去,而尽变为褒词了。

《旧唐书》说韩愈"常以为自魏、晋已还,为文者多拘偶对,而经诰之指归,迁、雄之气格,不复振起矣。故愈所为文务反近体,抒意立言,自成一家新语……世称韩文。"

《新唐书·韩愈传》赞曰:"自贞元、元和间,愈遂以六经之文为诸儒倡。……然愈之才,自视司马迁、扬雄至班固以下,不论也。"又说:"其道盖自比孟轲,以荀况、扬雄为未淳。"

从以上所引的两段话中,可以看出韩愈的几点:

(一)他以孟子自居,隐然以承继道统之人物自命,尤其是他的辟佛之无理取闹,也正与孟子之距杨、墨之无端谩骂一样。这是他文章的内容。

(二)他又隐以司马迁自比。西汉以后的文人,他一个也瞧不起,所以他作文好用单笔,除句调参差以外,颇注重于文之气势。

他论文气颇有精到之处。又文中琢句练字的地方，颇得力于扬雄，这是他文章的形式。

其实韩愈的文章对于后世的影响极大，是无容讳言的。但论到他的思想，却是非常之浅薄。他虽挂起招牌拥护孔、孟，可是品行也多可笑，很爱赌博，他教训他的儿子，不过只有升官发财的思想。辟佛而晚年又专门与和尚往来，辟老而晚年颇信服食之说，竟吞硫黄而死。像这种言行矛盾、思想浅浮的文人，充其量能继道统，也不过如此而已。

讲到读书，柳宗元实比韩愈为精。如《辨鹖冠子》《辨列子》等作，开后世辨伪之风气，较之韩愈之《读荀子》《读墨子》等篇之空空洞洞说几句话的不同。至于子厚的文学的来源，乃学楚辞而兼之以诸子，与退之之专门开口孟轲，闭口扬雄的不相类。清代方苞极推尊韩文，而对于柳文尚有不满之处，也可以见二人文学之异趣。但他二人对于小学均有相当之研究，故文中涉及训诂处颇精，至宋朱后之学古文者，不过只剩得一副空架子罢了。

附单笔复笔兴替表

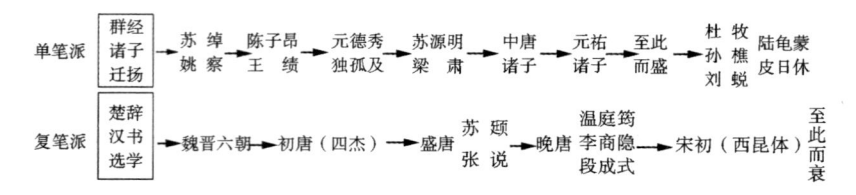

单笔派	群经诸子迁扬	苏绰 姚察	陈子昂 王绩	元德秀 独孤及	苏源明 梁肃	中唐诸子	元祐诸子	至此而盛	杜牧 孙樵 刘蜕 / 陆龟蒙 皮日休
复笔派	楚辞汉书选学	魏晋六朝	初唐（四杰）	盛唐	苏颋 张说	晚唐	温庭筠 李商隐 段成式	宋初（西昆体）	至此而衰

长庆之诗文

长庆是唐穆宗的年号。这一期的文人,大半是与韩、柳生于同时。他们所以不归入元和而算在长庆期内,一则因为他们比较元和诸公死得更迟;二则因为他们的集子是在长庆年间编成的,所以这期的两个代表作者,如元稹有《元氏长庆集》,白居易也有《白氏长庆集》。

元、白虽说与韩、柳生当同时,但元和与长庆的诗风完全不同。元和诸公如韩愈、樊宗师等所作的诗文,惟恐被别人知道,故处处故意要别人难懂。但到长庆时的元、白作起诗来,惟恐人家不懂,所以白居易的诗,竟有老妪都解的传说。到宋代苏东坡批评他二人为"元轻白俗",也无非是嫌他们的诗太容易了解的缘故,而且到了此时,元、白对于作诗的观念,不惟与元和诸公所怀抱的不同,更与从前许多作诗的宗旨相反。自来诗人,大半是用诗以发抒自己的情感,如《史记》所说的"《诗》三百篇,大底圣贤发愤之所为作也"。即相传的诗必穷愁而后工,总是表明诗是为自己而作成的。换言之,作诗即是诗人的目的。可说这是从汉、魏起直至元和所有的诗人所抱的极普遍的观念。但到了元、白,这个观念完全改变了。他们并不以作诗为目的,而却以作诗为手段,可说他们正是受了相传的子夏所作的《诗大序》上的话——"上以风化下，下以风刺上"及"主文而谲谏，言之者无罪，闻之者足以戒"的影响。其实三百篇作者的本意是否如此，尚属疑问；不过从汉代的经师的眼光中看来，这种讲法几成铁案。总之，这派人的意见，总可以代表诗是为人而作的这种意见，这点是他们显然与元和诸人不同之处，可说韩愈是将子部与集部合而为诗，白居易则混同经师与文人的观念而为诗。他对于文学的具体主张，在他与元九（稹）的书，可以完全看出。（见《旧唐书》第一百六十六卷及《白氏长庆集》）最重要的两句话就是："文章合为时而著，诗歌合为事而作。"由此观念出发，所以他极推重有比兴的诗，谓"诗为六经之首"。他说自汉至唐诗道中绝，对于唐代极大诗人李白也不见得满意，对于杜工部只不过取他的合乎为时为事而作的一部分，如"三吏"（《潼关吏》《新安吏》《石壕吏》）、"三别"（《新婚别》《无家别》《垂老别》）、《塞芦子》《留花门》又最赏识老杜的"朱门酒肉臭，路有冻死骨"等句子。他又觉得从前人专门爱用诗以炫耀他们自己的学问，所以用了许多险字奇句，故意叫人不懂；诗的功用既是用来感化别人，自然要使懂得的人越多越好，故诗中所用的字，必令一般人都能了解。当时完全能了解他同情他的人，最著者有元稹，其次为邓鲂，为唐衢。看他《寄唐生诗》有"不能发声哭，转作乐府诗"。唐生对于时事愤嫉而大哭，但他却是以诗代哭。他又说他的当哭之诗，乃是"篇篇无空文,句句必尽规。功高虞人箴,痛甚骚人辞。非求宫律高,不务文字奇。惟歌生民病,愿得天子知。未得天子知,甘受时人嗤。"我们看了他的《与元九书》,可以知道他作诗的理论;读了这篇《寄唐生诗》,又可以知道他的作诗的方法。是非求格律高,不务文字奇,一方面又代替下层社会的苦人说话,一方面又容易使人懂得。无怪乎当时得名之盛,"二十年间,禁省观寺邮候墙壁之上,无不书,王公妾妇牛童马走之口,无不道。至于缮写模勒,衒卖于市井,或持之以交酒茗者,处处皆是",甚至于鸡林贾人,专门到中国来贩买他的诗呢。

他的诗在当时的势力如此之大,同时所遭大人先生之忌刻亦不小。因为他代替困苦的小百姓说话,有时不得不伤犯执政的官人的面子,因此得罪了当时许多有权势的贵人,所以白氏的官运并不亨通,连遭几次的贬谪,反叫他有机会去游历忠州、江州、杭州等地。及至到了晚年,壮气消磨,颓然自废,天天只知吃酒看花,决不再歌民生的痛苦,学学明哲保身之训,而改作闲适一类的为己而作的诗了。

与白氏同调而且与他实际合作的诗人,当然推元稹,可惜此君早死。最先是元、白齐名,到后来又有刘禹锡起而继之,世人称为刘、白。关于讽刺类的新乐府,白氏所作的共五十篇,而元氏的乐府十三篇,即与白氏的同名,为:(一)《上阳白发人》;(二)《华原磬》；（三）《五弦弹》；（四）《西凉伎》；（五）《法曲》；（六）《驯犀》；（七）《立部伎》；（八）《骠国乐》；（九）《胡旋女》；（十）《蛮子朝》；（十一）《缚戎人》；（十二）《阴山道》；（十三）《八骏图》。从以上的题目看来，可见他们是同用一种题材，是抱同样的目的而作的。这派讽刺诗影响到后来的力量很不小。后来专门学此派诗而著有成绩的人，有元代的王冕（元章）的《竹斋集》（《邵武徐氏丛书》），清代的金和（亚匏）的《秋蟪吟馆诗钞》，及与金和同时之杨后（柳门）所作的《混江龙》等词。

元、白的诗影响及于后代的，除了他们有意所作的讽刺诗以外，还有一种纪事诗，如白居易之《长恨歌》，元稹之《连昌宫词》及《望云骓》，到后来的势力也很大。因为此类诗在元、白以前，也是不大发达的。略将长庆以前的有名的纪事诗依代列举，如：（一）汉辛延年之《羽林郎》，叙霍光家奴冯子都事迹；（二）《陌上桑》叙罗敷辞使君事；（三）《孔雀东南飞》之一千七百八十五字，写焦仲卿与其妻兰芝的悲剧；（四）魏左延年与（五）晋傅玄之同写女侠秦女休之故事，而为《秦女休行》；（五）《木兰辞》，述梁师都部下木兰女之事实。到了唐代又有：（六）卢照邻之《长安古意》；（七）骆宾王之《帝京篇》及《咏怀》；（八）崔颢之《江畔老人愁》与《邯郸宫人怨》；（九）杜甫之"三吏""三别"《丽人行》等篇。一直传至元、白，更能发扬而光大之,如白之《长恨歌》,记太真生前及死记后艳迹;元之《连昌宫词》由一座宫殿而感到沧桑之变;《望云骓》从一马而看出唐代的兴亡大事。元、白二人此类作品,最得力于《孔雀东南飞》,不过改五言为七言罢了。因为用诗纪事之风一开,文人同时可以代替史家,而经师又可以合于文人。此后到了晚唐,郑嵎有《津阳门诗》,以一千四百字述唐明皇之华清宫门,可以觇当时之盛衰。至于用这类诗以专描写一个人的,有李绅、杨巨源之《崔莺莺歌》,司空图之《冯燕歌》,到了韦庄的《秦妇吟》,可以看到黄巢当时扰乱的情形:"内库烧为锦绣灰,天街踏尽公卿骨。"此派诗到明末又演变为吴伟业之《陈圆圆曲》及《永和宫词》,可由吴三桂的爱姬,及崇祯帝的田妃事迹中,看出明末将亡的景象。到了清代中叶,陈文述(云伯)的《碧城仙馆诗钞》中颇多此种作品。清末有王闿运(壬秋)的《圆明园词》,从他的自注本中,可以得到清代当时外侮内忧的缩影。近来有王国维(静安)之《颐和园词》,亦可觇清末政变先后之迹象。总之,此种诗的两种特点,一是长篇,二是通俗。所以到了明代,竟化身成为弹词,最著的如杨升庵之《廿一史弹词》,及明末人的《天雨花》之类。但明、清的许多文人所作的纪事诗,篇幅虽然仍是长的,但通俗一层,绝不顾及,反而炫才逞博,堆了许多故典及辞藻。谈到这里,我们更不能不佩服元、白二公才气之大,所以颇能以白描见长呵。

元白与小说

中国的小说起源本来很早，但从来未被人重视，因为一般文人并不把作小说当作一件正经事干。到了唐代，始有专门作小说的文人出现，而且小说起源于神话，上古的神话与小说每难分别，如《山海经》中与《天问篇》中之种种神话与传说。到汉、魏遗留至今的小说，多半是稍后的文人伪造，不定据为史料。截至唐代以前，一切号称、或真的是汉、魏、六朝之小说，总不脱灵奇与鬼怪两个特点。到唐代始有人注重于人事之描写，照流传到今日的唐代小说看来，和从前不同的略有数点：

（一）短篇　如宋时章回小说《宣和遗事》之类，此时绝无。

（二）文言　词采浓丽，不以白描见长。如宋代之诨词小说，此时亦无有。

（三）内容　第一是虚构，创造若干非世间的人物，如中唐李朝威之《柳毅传》。第二是缘饰，故意张大其词，如杜光庭之《虬髯客传》。但此中有一公同的特点，即是以人物为中心。

我们今日尚能得见此等小说，全靠有北宋人所修的《太平广记》五百卷。

在讲元白时与小说相提并论，却有两个缘故：一是中唐的几个有名的小说家，不是元、白之兄弟，即为二人之至友，如白行简为居易之弟，元稹、陈鸿均为居易之友；其次是元、白一派所作纪事诗，颇有与当时作小说的同用一题材，如白居易有《长恨歌》，陈鸿即有《长恨歌传》，元稹有《会真记》（《太平广记》作《崔莺莺传》），而杨巨源有《崔娘诗》，李绅有《莺莺曲》。

现在且把唐初至元和的小说，列一简目，并注明见于《太平广记》之卷数以便翻阅，也可以窥见唐代小说是到中唐才盛行的。

隋、唐间　王度《古镜记》（见第二百三十卷）

唐初　江总《补白猿传》（见第四百四十四卷）

武周　张鸾《游仙窟》（今从日本抄回）

大历、贞元　沈既济《枕中记》（见第八十二卷）、《任氏传》
　　　　　　（见第四百五十二卷）

元和　沈亚之《湘中怨》《异梦录》《秦梦记》（见第二百八十三至二百九十六卷）

　　陈鸿《长恨歌传》（见第四百八十六卷）、《东城老父传》（见第四百八十五卷）

　　白行简《李娃传》（见第四百八十四卷）、《三梦记》（见《说郛》第四卷）

　　元稹《莺莺传》（见第四百八十八卷）

　　李公佐《南柯太守传》（见第四百七十五卷）、《谢小

娥传》（见第四百九十卷）、《庐江冯媪传》（见第三百四十三卷）、《李汤》（见第四百六十七卷）

唐代小说之分类

关于小说之分类法，起源甚迟。因为当时人只知道提笔就写，替他们分类的，始于明人。罗列数说如下：

（一）胡应麟之六分法（见《少室山房笔丛·九流叙论》下第二十九卷）

1. 志怪　《搜神记》

2. 传奇　《崔莺莺传》

3. 杂录　《世说新语》

4. 丛谈　《容斋随笔》

5. 辨订　《资暇录》

6. 箴规　《颜氏家训》

由以上看来，可见胡氏对于小说二字观念之复杂。前三类尚是小说，后三类似不应列入，且所引例，也不限于唐人作品。不过因为是最先为小说分类的一人，故先引及之。

（二）《四库提要》之三分法

1. 叙述杂事　《世说新语》

2. 记录异闻　《山海经》

3. 缀录琐语　《酉阳杂俎》

（三）日本盐谷温之四分法（见《中国文学概论》中）

1. 别传　《东城老父传》《李林甫外传》《高力士传》

2. 剑侠　《虬髯客传》《红线传》

3. 艳情　《游仙窟》《霍小玉传》《李娃传》《会真记》

4. 神怪　《柳毅传》《非烟传》《南柯记》《枕中记》

唐代小说，自元、白以后，何以竟至如此之兴盛。据日人铃木虎雄之解释，以为由唐之小说盛而演成叙事诗。其实我们的推测，正同他相反。就是到了此时，各种诗体均已作完，诗之地步臻于极境，乃在诗国以外另觅一个发展的园地。将诗的含义，用散文的体裁写出，于是乃由诗而变为小说。我们用这种解释说明唐代小说兴盛之故，想来不致大错吧。

第四期　晚唐文学

从宣宗大中以后直到唐末，这段时期，姑且定之为晚唐。我们可用对待中唐文学的眼光移来看这几十年的作品，大概不错。因为此时诗人文人的态度，均以对于元和、长庆诸公的向背而分他的派别，他们对于中唐作者，不是附和，即是反对。诗文至此，不过唐代之尾声而已。

以文而论，中唐韩退之等化复为单，而此时学他的有孙樵、刘蜕、皮日休、陆龟蒙等人。杜牧虽未直接学韩，而气势颇相近。但同时又有一班专门做骈四俪六的复笔文章的，有号称三十六体之李义山、温飞卿、段柯古，他们又显然是与退之背道而驰的。

至于诗，前人每以中晚唐并举，这实由于此时的诗人都逃不出中唐诸家之范围。且诗至此已成强弩之末；近体纷起，而作古体者绝少。要把他们分成数派颇不容易，现在仍旧以他们对于元和、长庆诸公向背的态度而勉强分之如下：

功利派

这派均属《主客图》中人物，从前早已讲过。他们作诗，颇以格律为重，大半都长于作五律的近体诗。此派以清奇僻涩为工。尤其是贾岛，他死得很晚，晚唐诗人均与他相见。又因科举试律之故，遂刻意讲求。晚唐人热心于科第，较从前更甚。试举刘得仁的诗为例。他说：

"外族帝皇是，中朝亲故稀。翻令浮议者，不许九霄飞。"

后来栖白和尚做了一首诗吊他，道：

"忍苦为诗身到此，冰魂雪魄已难招。直教桂子落坟上，生得一枝冤始销。"

其他如李山甫因举选士不第，跑去帮藩镇为乱。又如许棠老而始第，他快活异常，自己说登第后筋骨轻健比少年更好，成名乃孤进之还丹。又如罗隐因不第，投奔吴越钱镠。其后南唐使者至吴越，钱问识罗隐否，答以不知，钱甚以为怪，使者回答说："只因金榜无名，所以不知。"那时又有投卷之风，又如李昌符专作婢仆诗，因而成名。当时的诗人对于科举之眼红如此，所以无怪乎张、贾诗之流行而诗风之不振呵。此外，与张、贾立于反对地位的，有：

词华派

甲、杜牧　他的《樊川集》完全保存至今，晚唐诗人中他很负盛名。人每以二杜并称，号杜甫为大杜而牧之为小杜。他的诗词采华艳。当时有一位善于五律学贾岛的诗人喻凫，以诗见杜牧，他置之不理，凫出语人曰："吾诗无绮罗铅粉，宜其不售也。"从"绮罗铅粉"四字中，可以看出他的诗格，又可以看出他与诸家的不同处。他的作品，文有《罪言》，赋有《阿房宫》，诗有《杜秋娘》。他不但不满意于张、贾，亦且不满意于元、白，完全为一无依傍之作家。他虽说词采动人，然而诗文均富有纵横之气，故能华而不缛，决不至于为辞藻所囿。以下再举一派专门以词胜者。

乙、李商隐、温庭筠　这两位诗人所作，大都不脱宫体之意味。

唐诗词采之胜，到温、李可谓登峰造极，直可称他们的诗为宫体之正宗，原出于李长吉。义山的七律颇能学杜，既不同于韩、孟之险怪，复不同于元、白之轻俗，更不甘为张、贾之僻苦，看来满眼都是"绮罗铅粉"，内容不外是闺情怨思，有时诗意不免为词所害，所以解义山《无题诗》的人宋以后议论纷纭莫定。飞卿虽专学长吉而加以变化。用比喻来说：长吉之诗，如满身珠翠见之于月下者；而飞卿之诗，则如满身珠翠之见于和风暖日中者。总之，他们都富有一种幽光冷艳的风格，不愧为唐诗别派。他们所擅长的诗体均为七古，李之七律较温为佳。此派诗到后来影响颇大，如昭宗时韩偓之专以描写宫闱为对象的《香奁集》，乃学温、李而变本加厉的。(后人有疑此集为五代人假托者，经清人震钧著《香奁集发微》考证诗中之背景，确为致尧所作无疑。)及至北宋初年，西昆体源出于李。两宋词人，亦每每学他，如北宋周清真、南宋吴梦窗均与义山脱不了干系。

此时另有一派诗人，从来不大为人所注意，现在方有人研究及之的：

皮日休、陆龟蒙　前者是湖北襄阳人，著有《松陵集》。后者为苏州人，著有《笠泽丛书》("丛书"二字从此始，然与宋后"丛书"之意不同。)二人诗最有关系者，为同居太湖时诗咏太湖周围风景者。说到他们的根本思想，在唐代诗人中最为奇怪。前乎此王维、白居易好佛,杜甫晚年好道,均不出于哲理之外。而皮、陆的脑子中,竟满装着道教思想,他们作品中讲到服食修炼之处极多。此种思想,在唐诗人中极为少见,李白稍微有点痕迹。至于他们诗的来源,乃是学韩愈(唐人学韩至皮而止)。最显著的是句调之奇特,如五言每句总是以上二字下三字各为一节,七言乃以上四下三各为一节。至韩退之作诗,五言乃有"淮之水悠悠",七言乃有"虽欲悔舌不可扪"等句子。此调皮、陆诗中倒可常时见到,如皮日休《缥缈峰》有两句为"恐足蹈海日,疑身凌天风",简直是以上一下四各为一节了。又如陆之《和寄题玉霄峰》有句云"天台一万八千丈,师在浮云端掩扉",第二句又以上五下二各为一节了。又如陆之《引泉》有句为"余来拜旌戟,诏下之明年",这第二句实无异于文句。此风亦从唐人开端以后,宋人的变更加厉。皮、陆源出于韩愈还有其他证据。每个诗人作诗取字,必有一种路径可寻。比如韩诗用字光怪恢伟,乃从汉赋而来。退之志则孟子,文则扬雄,他显然受了子云不少影响。此时皮、陆不惟学到韩的本身为止,反学韩之所学者。如二人所选之字,多取《太玄经》中,那正是从扬雄那里学来的。以后学皮、陆的还是有人,学得最肖的有南唐之陈陶,他的近体诗颇有名。至宋则姜夔五古出于皮。宋末谢翱的五律最善学陆。这派诗人所走的是僻路小径,平常人是不大注意的,所以将他们的源委略加以上的说明。

此外尚有专门学元、白的一派，内中又分旁支数起。

元、白派

甲、讽谏诗　以聂夷中为代表，他长于咏田家的诗，代替不平之农夫呼号。可以说他是唐代之关心于"农民运动"者，此种诗专学白居易之《秦中吟》等诗。

乙、纪事诗　此类不多见，所用诗之形式，则为七古，如郑嵎之《津阳门诗》乃咏华清宫遗事，司空图《冯燕歌》描写当时一侠士，韦庄之《秦妇吟》写黄巢作乱长安女子被虏事。（但此诗早佚，虽吴任臣《十国春秋》亦不载。近世乃从敦煌石室中发现之。）此种诗来从白居易之《长恨歌》及元稹之《连昌宫词》。它的特点是诗而兼史，且为长篇，兼咏一中心人物，与西洋之史诗略略相似。

丙、通俗诗　此种诗绝对不避俗字俗句，求老妪能解。以罗、杜最擅此道。（唐末"三罗"齐名，即罗隐、罗虬、罗邺。此处指罗隐。杜乃杜荀鹤。）此派诗最新浅易读。

此外还有一派，乃宫词之变体。自中唐王建作宫词，同时有王涯亦能之。其后曹唐《游仙》、胡曾《咏史》及罗虬《比红》及以后之和凝《宫词》，与花蕊夫人之《宫词》皆为其流裔，乃由"附庸蔚为大国"了。

唐　词

　　唐代的诗人最多，唐代的诗风最盛，而唐代的各种诗体都完备。到了晚唐几乎再也作不出更好的诗出来，于是乎有一种应运而生以代替诗之位置的新文体产生，这就是词。

　　诗与词不同的地方为长短句，而句有固定句法；其次是古诗不能歌唱，乐府诗却可入乐。唐及五代的词，更替代了乐府的地位，都是可以"被之管弦"。（词至宋以后，也不能歌唱了。）

　　若照以上所举两个标准，即长短句之能唱者以评衡古句，则词之起源颇不始于唐代。六朝人诗之近于此体裁者，最著的为鲍照之《梅花落》《代夜坐吟》，梁武帝之《江南弄》《春晴》，陶弘景之《寒夜怨》，徐勉之《迎客》《送客》，王筠之《楚妃吟》，徐陵之《长相思》。所以毛西河以词托始于宋代，这话大致可信。且举鲍照之《梅花落》如次：

　　　　中庭杂树多，偏为梅咨嗟。问君何独然，念其霜中能作花，露中能作实,摇荡春风媚春日。念尔零落逐寒风,徒有霜华无霜质。

到了隋代,此类长短句之诗渐多,盛唐以下更不少。平常人谈到最早的唐词,而又最为人所传诵者,莫不举李太白之《菩萨蛮》及《忆秦娥》二首。这两首词作得极好,但是否出于李白之手,实属疑问。比如五言诗托始于苏、李,那诗倒也作得不差,但不是苏、李所作的。最初怀疑李词的人是胡应麟。他说李白不屑为此,又谓此词虽工丽而衰飒,详其意调,绝类温方城所作。胡氏的话,约略可信,因为此词的风格很像温飞卿。再则《菩萨蛮》调子,是中唐以后才盛行的,而飞卿又以善作《菩萨蛮》著名。

太白为盛唐人,若谓盛唐无可信之词,则又不可。最显明的如唐明皇之《好时光》,其词如下:

宝髻偏宜宫样。莲脸嫩,体红香。眉黛不须张敞画,天教入鬓长。　莫倚倾国貌,嫁取个,有情郎。彼此当年少,莫负好时光。

到了中唐以下,词体便渐渐加多,如张志和之《渔歌子》,以后如白居易之《忆江南》、刘禹锡之《潇湘神》,都是极负盛名的长短句。

词体既盛于中唐，而讲词的每以晚唐为词之正式成立时代，这由于晚唐以前无专门的词人。以数量而论，不过每人有几首作为诗的附庸的小词。专以作词成家，复有词的专集的，不得不推晚唐。讲到千古词人之祖，自然要落在温庭筠的头上来了。他的相貌极丑，外号温钟馗，然而他的词正与他的容貌成反比例。他的词集，自宋以后见于著录的，有《金荃集》与《握兰集》，可惜后来竟散失了。二集现在虽不得见，幸而赵崇祚所编的《花间集》倒保存了六十六首温词。（今人朱古微先生所刻《彊邨丛书》中收《金奁集》，题温飞卿作。但过细看来，其中竟杂有韦庄、张泌、欧阳炯诸人之词在内，此集恐非原来之书。）温庭筠的词，最有名的为《菩萨蛮》与《更漏子》，其实皆为宫体之流变。自从飞卿以后，唐代的词人渐多，如皇甫松（子奇）、韩偓（致尧）与张曙（阿灰）各人都有相当的成就。

词体究竟从何而来？从宋后人所称的"诗余"的名字看来，词乃由诗蜕变而成，这是无足讳言的，尤其是从乐府变来。乐府诗之所以异于古诗，是一面有词，一面又有声，其中又夹有有声无词之"泛声"（或谓之"和声"）。其后将泛声填以实字，乃成为词。可见词之成立，乃将乐府中文字之范围放宽，更进而侵占之一部分。大抵"泛声"填成实字之日，即词体正式成立之时。

这话从前有朱熹及沈括都已说过，大概可信。

唐及五代之词，多系小令。北宋时慢词方才发生，何以唐代小令独盛？这就可以用词本由绝句变来去解释。现在考最初的词，非由五绝变成，即由七绝变成，痕述甚为显然，如《南歌子》与《生查子》即由五绝变成，至于由七绝变成的，就有白居易的《忆江南》及刘禹锡的《潇湘神》及诸人之《浣溪沙》，又如《浪淘沙》之名起于刘禹锡，纯为七绝诗，至李后主就把它变成词调。可见最初之词，乃将五七绝增减而成，这也是不可磨灭的事实。

唐代文学批评

从前曾经说过：每当文学极盛时代，批评之风亦极发达。如齐、梁文学茂美，同时产生《文心雕龙》和《诗品》两种不朽的批评名著。假若用这个例子去推测唐朝批评界的情形，几乎适得其反。唐代的诗文，如日中天；而论文之著作，竟寥若晨星。所以后人都说唐人只知作诗，而宋人才专门出来替唐人作诗话。不过这层还须考虑。我们不能因为唐代的文学批评著作流传于现在的绝少，就贸贸然断定唐人文学批评之风不盛。如谓不然，请翻开《新唐书·艺文志》总集之末所排列的唐代论文专书，便可知唐代论诗者纷纷不少，其目如次：

　　李嗣真《诗品》一卷。王昌龄《诗格》二卷。元兢《宋约诗格》一卷。昼公《诗式》五卷，又《诗评》三卷。王起《大中新行诗格》一卷。姚合《诗例》一卷。贾岛《诗格》一卷。炙毂子《诗格》一卷。元兢《古今诗人秀句》二卷。李洞集《贾岛句图》一卷。张仲素《赋枢》三卷。范传正《赋诀》一卷。浩虚舟《赋门》一卷。倪宥《文章龟鉴》一卷。刘蘧《应求类》二卷。孙郃《文格》二卷。

　　以上共计论文家十六人，书十七种。其中虽有几部不免带有讲文法的色彩，然总可算具体而微的批评之作。现在我们见得到的，只有昼公（释皎然）的《诗式》一种了。而此仅存之一部唐人论文著作，远不及《文心》与《诗品》。他徒谆谆在形式上去讲求，殊不知唐诗之妙处，并不是只靠形式的。

　　假使要编一部中国文学批评史，各朝均容易收辑材料，只有唐代较感困难，因为当时论文书籍都未能流传至今。如日本之铃木虎雄著了一部《中国诗论史》，他的次序是从周讲起，到六朝以后便接住明朝讲下去，中间丢了唐、宋六百年间不说，只提了几句。殊不知唐代论文专书，现今虽不可得见，而唐人关于批评文学的意见，散见于各种文体中的很不少，若肯过细去搜辑起来，材料颇觉丰富。现在略举收集此类材料之途径如下：

（一）史论　如《南北史·文苑传》与《隋书·文学传叙》等。因为这几部史书之编纂者，均为唐人，可看出初唐文人对于文学批评之意见。

（二）诗　如李白之《古风》、杜甫之《偶题》及《戏为六绝句》、韩愈《荐士诗》及白居易《寄唐生》，对于前代及并世人，每有极精到之批评。

（三）书札　如韩愈《答李翊书》、柳宗元《答韦中立论师道书》、白居易《与元九书》、司空图《与李生论诗书》。

（四）传志　如元稹的《杜工部墓志》、李阳冰的《李白墓志》、韩愈的《孟贞曜志》与《樊绍述志》。

（五）集叙　如李汉的《昌黎先生集叙》、杜牧的《李长吉诗集叙》。

（六）杂文　如李赞皇的《文章论》、司空图《二十四诗品》。

从以上看来，便知唐人论文，虽无专著流传至今，而此项材料却不少。研究唐代批评文学，最应当着眼的，是看他们转变风气的地方。唐代文人，一方面结束六朝以前，一方面又开启宋代以后。此朝实为中国古今文学变化之枢纽。

第十一章 五代文学

总　论

　　五代是中国政治局面最纷扰的一段时期。这一节历史上所称为正统的后梁、后唐、后晋、后汉、后周，虽说经历五个朝代，但共计仅有五十四年，平均每代约十年，较之南北朝各代尤为短促。朝代易了五次，而皇帝的姓且换了八次。在欧阳修《新五代史》中，有所谓《杂传》一类的体裁，如冯道等人，皆归入此中。其时只在一姓的皇帝治下做臣子的仅有三人。除了后唐在洛阳定都外，其余皆以汴梁为都会。虽说代表中原，但并没有一个很有大力的人平定各地的纷扰，同时又有十国分布在各地，如前蜀王建、后蜀孟知祥、吴杨行密、南唐李昪、北汉刘崇、南汉刘隐、吴越钱镠、荆南高季兴、楚马殷、闽王审知，虽说欧阳修作《五代史》以五代为本纪，十国为世家，但五代的君王，不是武人，便是异族，对于文学一道，多是门外汉。所以在他们本部并无文学之可言，一般文人均散处于十国，不在蜀即在南唐，或在荆楚及吴越。大抵在长江上下游一带。这是一件极凑巧的史迹：每当南北两朝对立之时，文人居住在南方的，总占最多数。

五代文学，自当以小词为主，诗文均不能及词。地域的分布，由蜀至江南，而以南唐为大本营。兹将词人分布地域，分列如下：

（一）中原

和　凝　自后唐至后周，虽为相，仍不废为词人，人称"曲子相公"。

牛希济　自蜀而后唐，由南迁北。

毛文锡　亦由蜀而后唐（以上见《花间集》）。

庾传素　亦由蜀而后唐（见《尊前集》）。

陶　谷

（二）十国

韦　庄　文词最高。

牛　峤

薛昭蕴

魏承班

尹　鹗

李　珣

　　以上前蜀（前后蜀均都成都，不过时间分先后）。

欧阳炯

顾　夐

鹿虔扆

阎　选

毛熙震

　　以上后蜀。

孙光宪

　　以上南平。

张　泌

　　以上南唐（自韦庄以下，均见《花间集》。欧阳炯有弟彬，见《尊前集》）。

孙　鲂

　　以上吴。

伊用昌

　　以上马楚。

冯延巳

成幼文

成彦雄

徐　铉

薛　九

韩　续（歌姬）

　　以上南唐。

刘侍读

许　岷

林楚翘

　　（此三人均见《尊前集》。）

十国中之君主与后妃有善为词者：

李存勖　即后唐庄宗。

王　衍　即前蜀后主。

孟　昶　即后蜀后主。

李　璟　即南唐中主。

李　煜　即南唐后主。

钱　俶　即吴越王。

大周后　李煜之妻。

蜀李昭仪　李珣之妹。

李玉箫　宫人。

花蕊夫人　费氏。

按上表看来，五代词人的分配区域，在长江上游的，以蜀国为中心，而下游则以南唐为中心。但南唐之词人虽多，而在赵崇祚所编的《花间集》中只收有张泌一家，其余的差不多尽是蜀人。这有两种原因：第一是当时交通很不方便，各地的词，很不容易传流。其次因为赵氏是蜀人，而他所选的更是以蜀人为主体。（清代学《花间集》的有纳兰成德、项承祚、勒方锜、文廷式等人。）然而在无名氏所编的《尊前集》中所选的南唐词人的作品，倒不在少数。以下单举南唐的几个最著名的词人来讲，尤注意在中主、后主。

南唐词人

冯延巳

冯延巳字正中，扬州人，舞权弄法，极贪官污吏之能事。但他的词，却与之成反比例。他所作的《蝶恋花词》，后来有人又将此词归在《六一先生词集》中，以为缠绵敦厚，非欧阳修不能。又如最著名之《谒金门》，《词综》也以为成幼文所作，但据《南唐书》等断为延巳作品，此首词起句为"风乍起，吹皱一池春水"，中主甚为赏悦，尝戏延巳曰："吹皱一池春水，干卿何事！"延巳答曰：

"未如陛下的'小楼吹彻玉笙寒'。"中主大悦。

延巳的人品虽遭人訾议,但他的词却有永久之价值。古今每为一般人所不称道的奸邪,文采斐然,最著的如曹操之四言诗、严嵩之《钤山堂集》,及阮大铖之《咏怀堂诗集》。阮氏之诗,竟可为明代之冠。

南唐二主

南唐二代之君,从文学的观点上去估量他们,真不愧为绝代聪明,绝代才华,二主之中,子尤胜父。

中主姓李名璟,马令《南唐书》称赞他"美容止,有文学",在十岁时,即有诗名。他是一个早熟的天才。可惜他的词流传至今的不过几首,内中以《山花子》一阕"菡萏香销翠叶残,西风愁起绿波间,还与韶光共憔悴,不堪看。 细雨梦回鸡塞远,小楼吹彻玉笙寒。多少泪珠何限恨,倚阑干",为最有名。

李璟的第六个儿子,名煜,字重光,即为后世词人所最称颂的李后主。他是天下第一等文人,同时又是天下第一等荒唐人。他的艺术与天才,却能向多方面发展,能写,能画,能文,能诗,又懂佛典,更能填词,差不多什么事都会,只是很不会做皇帝。因为他即位以后,完全不改文人故态,什么国家大事,都不在意,仍然每天吃酒作诗,听音乐,或打猎。直到宋太祖欲统一中原之时,立志平服江南招他入朝，却不敢去。于是就惹动曹彬与潘美的征伐，等宋兵到了江边才开始防御，收集国内军马，总共不过三百匹。可怜这位荒唐的皇帝，不得不做亡国的俘虏了。

　　有趣的，是他在围困的紧急情形的中间，还有闲心照平常的态度作词。相传的《临江仙》"樱桃落尽春归去，蝶翻金粉双飞，子规啼月小楼西，玉钩罗幕，惆怅暮烟垂。　　别巷寂寥人散后，望残烟草低迷。"末了还缺三句，后来经刘延仲补成云："何时重听玉骢嘶，扑帘飞絮，依约梦回时。"又一说这三句并未缺，原文是"炉香闲袅凤凰见，空持罗带，回首恨依依"，较刘补更近自然。又有一种传说：他被人掳去临行时，尚填有《破阵子》一阕，末句有"教坊犹奏别离歌，垂泪对宫娥"，颇为后代文人所诟病。但"成败不足以论英雄"，尤不可以论文人。而且从文学上说来，后主毕竟是一个成功者。他的生命、名誉及一切，都寄托在他的词中。我们可以说他不善于做皇帝，也可以说他不屑于做皇帝。从古以来，善于做皇帝的人多着呢，哪里赶得上后主还留数十首词光照于天壤之间呢！更进一层说：他的政治上的失败，正是他文学上的成功。只看后主身为南朝天子之时，真是极人间之欢乐繁华，此时的作品均属讴歌承平，富丽有余，而动人不足。及至破城以后，一降而为北地幽囚，在宋代得了一个违命侯的滑稽封号，此时又极人间之悲苦寂寞，梦想江南繁华,终日唯以眼泪洗面,甚至一言一动都不得自由。当他七夕生日,奏着"故国不堪回首月明中"的调子,竟遭残鸷阴狠的宋太宗的牵机药的赐予,而客死异国。但后世都忘记了他政治上的失败,对于他的词的成功无不众口同声赞美。此中议论最妙的,是举晚唐五代词人的三个代表来互相比较,更为近真,周济说:"温庭筠如浓妆艳抹,韦端己如淡妆素服,李重光则乱头粗服,不掩其美。"真的不错。他的词妙在自然,能变粗为细,化刚为柔,不惟为十国词人之冠,后世亦无有能及之者。有时他不仅以词擅长,如他的《相见欢》之"自是人生长恨水长东",用"自是"二字,似乎给人生下了一个定义一般。近人王静安评后主词的几句话也很中肯:"词至李后主而眼界始大,感慨遂深。"又说宋道君皇帝《燕山亭》词,略似后主,"然道君不过自道身世之戚,后主则俨有释迦基督担荷人类罪恶之意,其大小固不同矣!"

第十二章 宋代文学

总 论

　　宋代文学在文学史上是很难分析的。虽然每代文学都有其复杂的现象,但取它各部分观察而分析之,在它的中心,都有其可通之处。现在论宋代文学,从空间上观察,宋代文人在地理上的分配,与唐人有许多不同之处。如以黄河、长江、珠江三大流域勉强分为三部分,历史上这三部分产生文人的繁盛,是自北之黄河流域,而至南之长江流域,再至于珠江流域。但就宋以前的历史上文人来论,北方文人比南方多,宋代却不如此。宋代文人以福建、江西为多。唐代以前的江西文人,只有陶渊明等一二个人,唐代福建有欧阳詹等一二个人。到宋代的文人,却多在这二省产生。江西文人以临川为多,如二晏父子,如谢逸、迈兄弟,欧阳、王、曾,二刘(敞、敩）兄弟，黄庭坚、姜夔、石孝友、杨万里等。福建有杨亿、柳永、朱熹、刘克庄、严羽、谢翱。（参看铃木虎雄《中国文学研究·中国文人地理分配表》，但此书错误很多，江西下唐人有谢小娥，是一篇小说中的人物，居然弄进这里边来。大概日本人研究中国的文学、经学、史学、哲学，题目都很新颖有趣，而内容却多靠不住。）宋代文人比较以闽、赣为最多，而粤又少，到后来广东也渐渐地多了。这里可以证明，中国文学发展，在历史上是自北而南的。

至于从宋代的政治上论，宋代名义上虽然是统一的国家，实则是南北朝对峙的局面。自唐末藩镇割据之后，中国北部都沦亡于胡人，中华民族又一次南迁。五代分裂时，石敬瑭把燕、云十六州割出，讲起来真是痛心。当时外族最强盛者，为契丹族建立之辽。石敬瑭割去燕、云十六州后，又称胡人为父，河北尽属辽。宋袭周祚，建都在汴京，并吞南方各国，而对北方的辽人，竟无力把他们驱逐出去。

辽地居东北三省。西界蒙古。分五道，上京道临潢府，现在内蒙古地（阿鲁科尔沁旗、巴林左旗）；中京道大定府，现在的辽宁南部；南京道就是现在的北平；中京道就是现在辽宁辽阳府；西京道，山西大同府。当北宋全盛时，山西、北平是外族的地盘。自辽衰弱后，金人代兴，竟深入中国的开封。金人南侵，徽、钦北狩，成了南渡偏安的局面。金人的北京路，就是大定府，即辽人的中京道。中都路，即大兴府。南京路，是开封府。东西二路，是辽人的东西二京。南宋与金人以淮水为界。由黄河以北沦入异族，进而到淮水以北沦入异族，以至元人吞并中国。在这点上看，宋代整个一朝，始终都是被外族侵凌的。所以宋人和外族关系和唐人的大大不同。唐人是利用外族来振兴中国。唐代开国是借突厥的力量，他的中兴是假回纥的兵力。唐代之亡是内乱的亡，非关外族。所以唐、宋二代对于外族的观念大大不同，唐人和外族是相亲善的，宋人和外族是相仇敌的。唐人的文化是大亚洲的文化，宋人的文化是纯粹中国的文化。关于唐、宋的文化，从各方面加一比较：

（一）建筑 建筑最可代表全民族的精神。唐代的楼阁，都是瑰玮嵯峨，现在虽然看不到唐代的建筑，但在模仿中国建筑的日本西京，大概还可得到印象。宋人的建筑和唐代不同，其楼阁多平实宽博，如翘角，唐人是飞卷上腾的，宋人却是平朴的。在这点上看，唐人的精神是丰活向外发展，宋人只是实事求安的。

（二）图画 唐人以壁画最佳，如吴道子的画。这派是由印度传入的，到宋则壁画不见。由此也可得知中西交通的阻绝。唐人南、北宗画都是取实体的，宋人的画却是抽象的。倒有所谓院画者，是学古代的画。宋代士大夫的画，都寓以抽象的笔意。唐人画尚华丽纤细，宋则不然。如宋之文同墨竹，以一笔挥洒为佳。苏轼的画竹也学他。再如画梅，五代徐熙的梅也是先落墨（见李梅庵先生藏本），后傅色。后之杨元咎（补之）的画梅，则是水墨。宋人之画雨，是一丝下来，唐人以粉于弦上洒散。及二米（米芾、米友仁父子）泼墨。总之，宋人的画，可分两派。一种是院画派，为学习唐人之旧画；一种是士大夫寓有妙趣理想的画，是中原画的特色。而唐人的画，却是受印度画影响的画。

（三）书　唐代书重碑刻，宋人重帖。所谓碑，是规矩的。帖，是书札。有宋太宗时之淳化阁帖，徽宗时之大观帖。宋代书家能碑者殊鲜。至于宋代的石刻也不同，自秦至唐皆立碑，而宋人则于小石上题名。宋人不重视能品，而重天趣。重能品，则其人个性强硬刚直；重天趣，则近于颓放了。

（四）宗教　唐代对任何宗教都能容纳，如景教、摩尼教、伊斯兰教。宋代除了佛教外，其余宗教都不能存在。就佛教来说，也可分数点来谈。以供奉言，自六朝及唐人皆好造像，宋人则好造石幢，多刻《陀罗尼经》，雕刻佛像很少。从宗教学术上言，唐代佛教，各宗皆盛，法相宗为玄奘法师远行自印度求来，难能可贵。宋代独盛行五代开端的永明寿禅师之净土宗，经历元明而到现在，此派以白手求参悟。总之，唐人的佛教，是印度的佛教，宋人的佛教，是中土的佛教，此佛教之所以衰颓，而成为乡愿的佛法。

宋人一方面拒绝外来的文化，另一方面，又把外来在中国久占势力的文化，汇合融化了。如佛、儒的结合，而产生了宋代的理学，如陆九渊的理学本于禅宗，周敦颐虽入于道，但也熏染着佛学。可以看出宋人的学问，是把外来实在的文化，化成了中国的玄虚的、求其自然妙谛的文化，这是宋代宗教思想的特色。

（五）学术　宋代特有的学术，就是理学。如周、二程、张、朱五子之学。以经学之义疏论，从前经书的注疏，皆遵守古人的旧论，到宋代学者就不然了，多推翻旧学，以求新解。起初有北宋的刘敞，后来有王安石以及朱熹的解诗，非议及小序。又指出梅氏之伪作古文尚书。欧阳修也疑《易·系辞》非孔子作。凡对于一种学问持怀疑的态度，能促使学术昌盛。由于宋人为学是趋向于批评的。在诗，到宋人则有诗话。在史，有欧阳修、宋祁共修之《新唐书》，欧阳修之《五代史》，司马光之《通鉴》，袁枢之《通鉴纪事本末》，郑樵之《通志》。这些史书，虽是叙事，而注重在事的背景，求政治之得失，实在是近于批评的。

至于文学方面，是以散文为中心，而显出四通八达的变化。唐诗人与宋诗人不同者，唐代诗人只有诗，虽然有文，不过一二篇。宋代的诗人就不同了，诗人往往兼散文大家。这里还要说到中国散文的发展问题。它是和争辩密切联系的。中国散文最发达的两个时期，一为战国时代，一即宋代。战国时代，国与国的争辩，墨家与儒学以及各家与各家的争辩，都促使散文发展，并达到极盛阶段。到了汉代，国家政局安定，思想统一，没有什么争辩，散文自然不会发展，那争辩的散文，一到汉代，变化为汉赋。宋代也是一个争辩的时代，它可以追踪战国，其发达的原因，可如下述：

（一）外患　宋代虽然是统一的国家，而紧急的外交连续着，实在是南北对峙的局面。在北宋和辽的交涉，每岁纳币。南宋之于金，在高宗、理宗二代之论议和，都是极须用文字来传递两国意见。

（二）学术　宋代有名的理学，在宋史上立个道学的名称。周敦颐的道学，是接近老庄思想。张载的关学，却有点似耶教（唐有景教）。朱熹的道学问，陆九渊的尊德性，是近于佛家，都有语录的散文，是白话的。而朱、陆在学术上之争辩，因此散文也大见曙光。

（三）政治改进　王荆公施行新法。要宣传他的主张，也须用散文来使全国人民都明白的。

（四）党祸　北宋之元祐，南宋之魏阙，朝廷争辩用散文。士大夫亦有门户之见，二程之洛党，苏轼之蜀党，刘安世之朔党，各派之攻击是非，也须用散文。

（五）科举制度　唐代诗人所以那么多，因为进士科考的是诗赋，人人都为诗赋。宋代诗赋之外，又有策论经义（见《宋史·选举志》）。宋人考经义，是在王安石相神宗行新法时。以六经文一二句为题，令人发挥议论，称为墨义。清代的四书义，五经义，皆源于宋代的墨义。大抵唐人重实学，宋人重定论，唐人感情胜，韵文发达，宋人理智胜，散文发达。也可以说唐代诗是女性的，宋代文是男性的。现在又联想到一件事，就是晋人名好用"之"字，如羲之、献之等说不尽的"之"。宋人却好用"老""翁""叟"，如陆放翁、魏了翁、吕渭老、陈尧叟等。

综而言之，观察宋人文学，应以散文为中心，如下图的分析：

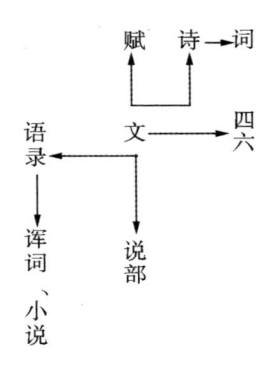

```
              赋   诗──词
               ↑   ↑
     语录 ← 文 ────── 四六
          ↓      ↓
        诨词、小说  说部
```

就这表分析的而论宋代文学：

（一）赋　真正足以代表一代文学的，有一定的起点时间，是常在开国数十年以后。汉代已有证据，宋代也这样。宋代文学起点，当在仁宗年间，前此的太祖、太宗、真宗数十年，不过沿习晚唐之旧。现在说到赋，赋体成立在汉代，而明人把赋分为四类：

古赋——汉魏

俳赋——六朝

律赋——唐朝

文赋——宋代

宋人之赋，如欧阳修之《秋声赋》，苏轼之前后《赤壁赋》，是散文化的赋了。至于钱惟演之《春雪赋》，模仿谢庄辈之赋，那是西昆派，犹有晚唐余风。

（二）诗　宋诗所以成为宋诗者，三个时期有特色：庆历、熙（宁）（元）丰、元祐。这三时期的诗，多是议论诗。

（三）词　词可以说是宋代诗的化身，因为诗多实质，词则不然。如欧阳修与王安石的词，也免不了丽艳语。至若辛弃疾词，那竟是散文化了。

（四）四六　宋代的古文，当推崇欧、曾、王、苏，而此数公，虽极端反对当时的声偶文章，却又工擅此体。就各人的文集中看，他们的声偶文，亦与其古文相等。因为自唐以来，制诰表章，以及州县之判牍，都是用四六文，可以说这四六文是官体文。至元始用白话，明清仍之。唐、宋人虽是治罪之辞，也要声调铿锵。故当时诸公官知制诰，翰林学士承旨，是必定需要四六文。同时盛行的散文，极端反此四六，所以诸名公巨手，皆把四六文散文化，既不能反官体文章，特地把四六文疏淡化，和杨亿辈的四六文大不同，此可名之为"宋四六"云。

（五）说部　宋人说部，多是笔记，以及诗话之类。

（六）语录　语录之源出于释氏禅宗，宋代理学诸公讲学，或其门人为之记录，集而成此语录。

（七）诨词小说　诨词小说，始于唐末，至宋代而特兴，若茶楼酒肆皆有说书人，或引史事，或传事实，以诙谐口吻绎演言之。及南宋而有文字记载，如《宣和遗事》之类，此盖亦散文之变相也。

（八）散文　讲到宋代散文本身，很难找到较好的纯宋文选集，如清代顾宸的《宋文选》，收集宋文十余家，可是竟难得到。吕祖谦所选的《皇朝文鉴》，今称为《宋文鉴》，这是宋人所选的宋文。关于文章选集，前乎此者，有姚铉之《唐文粹》，这是宋太宗时选的，颇推崇韩文。宋祁之《新唐书·文艺传叙》，出自姚手，姚以此故特选唐文。他因为有崇韩的偏见，所以选的唐文未能尽唐文之佳篇而选之。吕氏出于朱熹的门下，这时期宋代文学已固定，所以选宋人之文能尽宋文之佳者，这是研究宋代散文的绝好材料。宋代散文重要的是古文，如果要研究宋代古文，可以读王葆心所选的《古文辞通义》。王氏湖北罗田人，先生于有宋以后之文集说部，无所不读。对于宋以后古文之系统，说得十分精详。他把古文定义分为两种。一种直接的，是推衍前代；一种逆受的，是恢复更前。例如初唐诗，不离宫体诗，是直接的。昌黎韩氏的恢复西汉古文，是逆受的。非但古文如此，诗词亦然。宋代的古文也这样，当太祖、太宗之时，一切皆沿袭晚唐、五代余风，这是因为五代旧臣犹存在着。如徐铉是南唐入宋的，精小学，大小徐本之《说文解字》，是他两兄弟著的，有《骑省集》。李后主词尤为世所称诵，又精研文选。北宋的编集文章，是着重于词藻的，如《太平御览》《太平广记》《文苑英华》《册府元龟》，此风朝野相沿，在各种笔记中，都可看到人手一本《文选》的味道。陆游的《老学庵笔记》里说："《文选》烂，秀才半。"所以当时西昆体诗流行极盛，这是一时风气。而西昆诗为世诟病，以为涂饰绮丽。不过，讲它的风格不高可以，讲到体与用上，那就不对了。这是不知文学的。不但西昆体如此，各种文学都是这样。所以吕祖谦选的古文，西昆体的赋也选上。西昆体的赋，可以举二例来代表，一是钱惟演的《春雪赋》和杨亿的《谢赐衣表》。至于《秋声赋》、前后《赤壁赋》，那是仁宗以后的作品。

西昆体作者多南方人，如杨亿、钱惟演、舒雅、崔遵度、刁衎等，北人附和的有刘筠、陈越等。西昆之文，源出温、李，在文学史上，仿佛初唐王、杨、卢、骆的地位。杨亿生于太祖开宝七年（九七四），当真宗天禧四年（一〇二〇），和刘、钱并列齐名。此派诸公，或知制诰，或翰林学士。因为他们的地位，不得不做四六，亦竟以此风行一时。虽然西昆体之名，实在是当时轻薄他们的人加上的，所以当时有"优人挦扯"之戏。而散文之作，则始于姚铉，铉生开宝元年（九六八），是宋代推崇昌黎的第一人，但力量非常薄弱。到仁宗庆历前后，反对西昆体的，渐渐增多了。人多是北方人，如石介（泰山派）在他的《怪说》（《宋文鉴》卷一〇七，有上下二篇）下篇直斥杨、刘辈云："……穷研极态，缀风月，弄花草，淫巧侈丽，浮华纂组……"是指《春雪赋》及杨亿《谢赐衣表》二篇。在这一点，我们要明白，宋代西昆和古文之争，不过是辞藻疏密问题。我们看自汉及唐的文章，每句的组织，字多至六字、十字的非常少见，文多工整，而石介的《怪说》，文句非常长，都是散句。在这点可以证明仁宗以前的文，是直接推衍前代。仁宗以后的文，是恢复更前的。宋代古文可分为三派来论。

（一）柳开　宋人古文直接学韩的，始自柳开，有《河东先生集》。其文粗豪通俗，但他能享盛名，因为他有反西昆的大功。与柳开相激励，提倡此风气者有六人：高弁、李迪、贾同、陆参、朱顿、伊淳。

（二）穆修　是合柳开而尊崇韩氏的，并刻了《韩文公集》（是刻韩集的第一部）。穆氏的文章用单笔，当时也是转西昆风气的，并影响后来的三苏父子兄弟。

（三）尹洙　有《河南先生文集》，继他而起提倡古文的，有欧阳修。这时期是宋代文学的本身。

欧阳修文不如曾、王，诗不如苏、梅，而有那样大名头，因为是言文法的先声，况且他门下江西方面有王、曾，蜀派有三苏氏。苏门三人又占当时很大的势力，而大苏又长于议论，对于当时的政治，也有沉痛的言论，终遭党祸。宋代的党祸，等于清文字狱。对于大苏文字禁止，好像清人的禁钱牧斋书。可是宋人竟以不能读苏公文为很可耻的。到南宋更加推崇苏文，南宋有谚语云："苏文生，吃菜羹；苏文熟，吃羊肉。"南宋人所以能这样着重苏文，是因为他对北宋政局注意。及南渡偏安，士大夫对时局都抱着隐忧，所以对于苏文，都同情欣赏，如胡铨（对金主战）、朱熹辈，又如永嘉之叶适（《水心集》）、永康之陈亮（《龙川集》，有策士气）。原来南宋文可分二派：一派主议论而不问文法，为江左派；一派很注重文法，为江右派。如刘辰翁的《须溪集》，是评点文开山祖。

以上所说的，是宋文可分为派别而言的。至如宋祁（《宋景文公集》）和欧公同时修《新唐书》，现在《新唐书》中的列传，就是子京的文章。他兄弟二人，都极推崇韩文公，这可从他的《新唐书》昌黎传中看出来。但世推崇欧公者多，而于宋公却鲜闻，这因为欧公门生多，会有大魄力宣传。韩文多难识字，宋文也这样，而欧公多平淡易读，只要有五百字，就能作此种古文，也可说是一位古文家了。又江西刘敞（原父），有《公是先生集》。司马光有《资治通鉴》，司马光的叙事不在太史公下。明中叶鹿门茅坤，有《唐宋八大家文钞》，后来一班学古文的都将此八家文奉为圭臬了。更有那艾千子的选文，也可知道明人、宋人为文的风气。末了，我们可以得一个最好的结论：韩昌黎古文，把复笔化为单笔，而欧公更进一步，化难而为易了。

宋　诗

宋诗从分期上言，和宋文同样，也可以仁宗时作为中心。西昆体极盛后，梅圣俞起，开宋诗的风气。现在把宋诗分二方面言：一种西昆体，一种反西昆体。

（一）西昆体　西昆之诗，是衍袭前代的，有《西昆酬唱集》，同样的题目，有许多人的诗。现在《西昆酬唱集》只有二百三十首，多是宫体五七言律诗。有名的如杨亿、刘筠、钱惟演、李宗谔、陈越、李维、刘隲、刁衎、任随、张咏、钱惟济、丁谓、舒雅、晁迥、崔遵度、薛映、刘秉等十七人。就中杨亿、刘筠、钱惟演三人，是他们的领袖。以上诸人，都生在太宗、真宗中，和仁宗之前，是在庆历之前的。所谓西昆体，是"取玉山策府之意，命之曰西昆酬唱集"（见集序）。兹举出杨亿《汉武》和《泪》二首，以见其一斑。

> 蓬莱银阙浪漫漫，弱水回风欲到难。
> 光照竹宫劳夜拜，露漙金掌费朝餐。
> 力通青海求龙种，死讳文成食马肝。

待诏先生齿编贝,那教索米向长安。

[《汉武》(见《汉书·东方朔传》)]

锦字梭停掩夜机,白头吟苦怨新知。
谁闻陇水回肠后,更听巴猿拭袂时。
汉殿微凉金屋闭,魏宫清晚玉壶欹。
多情不待悲秋意,只是伤春鬓已丝。

以上二首诗,可见西昆体诗的纤艳绮丽。

(二)非西昆 西昆和非西昆二派的不能相下,由来已久。我们试反观建安以来的诗风。当正始玄风极盛,为文采暗淡理胜的时代。到太康中,诗又丰艳焕然。在中国文学史上,诗风方面,总是正始、太康的风气相交替。在散文方面,是《史记》和《汉书》相盛衰。自颜、谢以来,太康诗风弥漫一时,声偶宫体依此演进。到盛唐一变诗风,主恢复建安,实是正始诗风复兴。前有李白、杜甫,后有韩愈、白居易,到晚唐温庭筠、李商隐出,是又把太康诗风复活。经过了五代、宋初、西昆,一直到仁宗庆历时,就又弃太康而返正始了。

文学风格不外二种,一曰情采,一曰风骨。《文心雕龙》在《风骨》篇说得非常精确:"……风骨乏采,则鸷集翰林;采乏风骨,则雉窜文囿;唯藻耀而高翔,固文笔之鸣凤也。……"那么西昆诗是采乏风骨,非西昆诗是风骨乏采了。

庆历派诗风是倡自王禹偁(元之),有《小畜集》,是和西昆派同时的人物。宋人推崇杜诗,是始自王氏,有句云:"本与乐天为后进，敢期子美是前身。"又《赠朱严诗》云："谁怜所好还同我，韩、柳文章李、杜诗。"继王之后，成了宋诗的本身。宋诗我们可以把它分作三时期：

（一）庆历（仁宗）　欧、梅，宋诗萌芽。

（二）熙丰（神宗）　王、苏，宋诗成熟。

（三）元祐（哲宗）　黄、陈，宋诗烂熟（江西派）。

再把宋诗人生卒年代看一看，如下表：

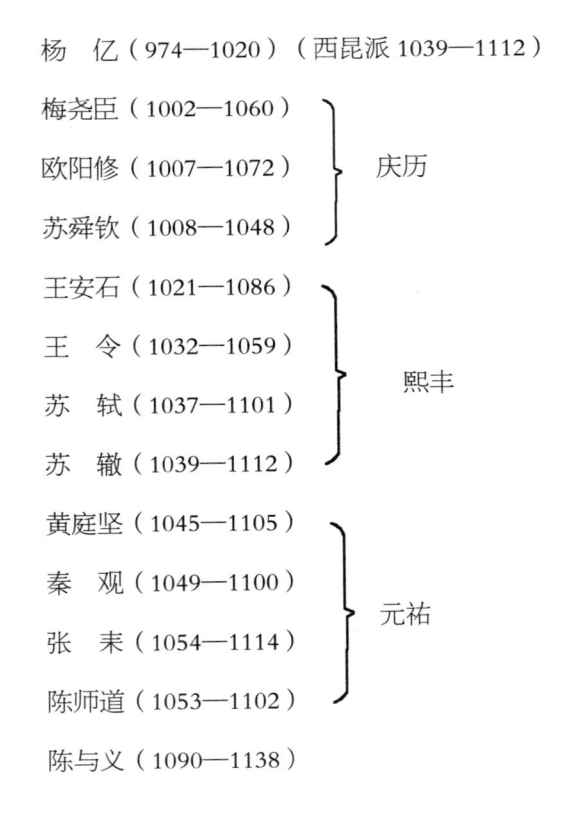

杨　亿（974—1020）（西昆派 1039—1112）

梅尧臣（1002—1060）⎫
欧阳修（1007—1072）⎬ 庆历
苏舜钦（1008—1048）⎭

王安石（1021—1086）⎫
王　令（1032—1059）⎬
苏　轼（1037—1101）⎬ 熙丰
苏　辙（1039—1112）⎭

黄庭坚（1045—1105）⎫
秦　观（1049—1100）⎬
张　耒（1054—1114）⎬ 元祐
陈师道（1053—1102）⎭

陈与义（1090—1138）

（一）庆历　这时期的诗风，在文学史上是一个关键时代。讲到这派的文学，世人都推崇欧，其实他的诗不如梅、苏，词不如晏氏父子，文不及王、苏，但他能代表这时代，因为他是领袖，能集许多同派的文人。这派最早的人是梅尧臣，有《宛陵集》。他生于宣城（晋谢朓太守的治地）。他的诗，也许有点学谢朓。这期诗人，一方面极力求古，一面力变诗的向来风格。他和西昆派不同的是：疏和密，浅狂和深婉，大道和宫体。

西昆诗没有个性的表现，而此派的诗，则尽见性情。此派多古诗，少律诗，但又好作七言诗。至于七绝诗，自然脱不了言情范围。王士祯有云："唐、宋诗之所同者，惟七绝耳。"此期欧、梅二人，方之唐之韩、孟近是。至于苏舜钦，也是庆历中重要的人物。梅诗冲淡，苏诗放纵。苏舜钦一生没有得意过，曾放逐岭南，废居苏州，后买沧浪亭以居，故他一生不平之气尽见于诗中，多似昌黎。他的菱溪大石诗，和欧公唱和的，表现出当时士大夫的怀抱及他们的生活。庆历时诗，大多数学韩。到王安石时，始推崇杜甫。当时诗，都有同样的规格，下半段总是寄意，写自己的怀抱。

（二）熙丰　这期是北宋诗成熟时代，诗人多是出欧公门下，而这时诗坛的领袖，却有二位，是王安石和苏轼。荆公门下有王令，著有《广陵集》。王令才气纵横，但他很早夭亡。苏公门下苏辙有《栾城集》，文同有《丹渊集》，以至清江三孔（文仲、武仲、平仲）。

苏公门下的诗人，可以说像雨后春笋那么多，各都崭然露头角。现在说这两位领袖的大概。

王安石公诗源出于杜子美，有《临川集》（李璧雁湖的注本）。王诗清新隽逸而有骨硬强傲气，宋人称之为拗相公，在他诗中确可看出。但七绝仍似唐人抒情。

苏轼　当时能和王荆公相抗衡者，东坡一人耳。荆公深高，东坡则渊博明晓，二公于诗诸体皆擅长而精工，而东坡七古七律尤有高趣。自宋以后，注东坡的诗，颇不乏人，施元之注特佳。东坡性情宽博，虽数遭贬斥，颠沛流离，而处之泰然。

（三）元祐　这时期熙丰诗人东坡尚存，已是晚年了。此期诗人最多，多是出苏公门下，其系统如下：

$$\text{欧门下}\begin{cases}\text{王安石}\\\text{曾　巩}\\\text{苏　轼}\end{cases}\begin{rcases}\text{陈师道}\\\text{李　廌}\\\text{黄庭坚}\\\text{秦　观}\\\text{张　耒}\\\text{晁补之}\end{rcases}\text{苏门六君子}$$

秦观　少游本是一个词人。宋人以文入诗，少游却以词入诗，不失词人本色，有句云："有情芍药含春泪，无力蔷薇卧晓枝。"这可看出他的诗像词，所以金人元好问嘲之云："拈出退之《山石》句，始知渠是女郎诗。"（《论诗绝句》）少游词是人所称道，诗却寂然无闻,这是自然的。

晁补之　作品影响不大,不多述。

此期诗的代表作者,是黄庭坚和陈师道二人,可就二人而言之。宋人之诗,到了苏、黄、王已是阔大到极点,到此期,已不能再走其他的道路,只能在修辞上推研。所以说它是烂熟时代,盖亦宋诗之末期。

黄庭坚　山谷于宋诗中,在今日固称一大家,但不能如王之深、苏之大。只是在诗句之磨炼方面和晚唐的作诗风气相同。南宋吕本中作江西诗派图,以黄为宗,因黄是江西分宁人。自黄以下,有二十五人:陈师道、潘大临、谢逸、洪朋、洪刍、饶德操、僧且可、徐俯、林敏修、洪炎、汪革、李錞、韩驹、李彭、晁冲之、江端本、杨符、谢薖、夏倪、林敏功、潘大观、何颙、王直方、僧善权、高荷。但是诸人的诗,现在多已不可得,就中有许多是江西人,但如陈师道、二潘又非江西人。所谓宗派者,推崇黄山谷一人耳。于此可以看出宋人好立门户。方回所选律诗有《瀛奎律髓》,所谓"一祖三宗",他的系统是:

$$\text{杜少陵} \begin{cases} \text{山谷} \\ \text{后山} \\ \text{简斋} \end{cases}$$

陈师道　陈、黄齐名。他的诗干涩枯淡,这人的性情耿介,不与人同，好闭户寂寂苦吟。他的苦吟，在文学史上的诗人是找不到第二个的。后山的诗是处处求异的，但究非风雅可诵。

此外，还有两位江西籍诗人：

杨万里（廷秀） 诚斋虽出于江西，但能别开生面，言浅意深，耐人寻味，称诚斋体。

姜白石 七绝最佳，是南宋诗的特色，他的诗多作于太湖附近。

讲宋诗到南宋又是一种局面。北宋诗是以西昆体为对象，南宋诗却以江西诗派为对象。南宋的诗可分三派：

（一）后江西诗派

（二）反江西诗派

（三）遗民诗派

（一）后江西诗派 宋室南迁，一班老诗人还在，如陈简斋、孙觌（鸿庆居士）等。简斋入南宋，他的诗比后山清秀。至于纯粹的南宋后江西诗派诗人，当推陆游。

陆游是南宋的诗人第一。他诗的来源出自江西诗派。放翁受学于曾几（茶山），曾出于韩驹（子苍）之门。子苍见江西诗派图。但陆诗的豪放，又非江西诗派能够拘束的。南宋诗人有范（成大）、陆并称，或是尤（袤，字延之，无锡人，现诗集已不能得）、杨、范、陆并称。就诸人中存诗之多，无出放翁上者。非但在当代，从古以来诗人存诗之多，亦无有能超出此翁。放翁晚年寄意山水田园，意境冲淡和平，然此究非放翁本来面目。放翁原来是一个慷慨激昂的人，可以比晋朝的陶靖节先生。读他的诗似虚灵静寂，但看到他的骨背里，却是非常腾动的。因为此翁生于北宋，遭亡国之悲。长于南渡偏安局中，国运疲弊。翁诗常谕人勤于戎马疆场。在当时的士大夫多是无为苟安，而翁却始终对国事关怀。少年从戎，同词人辛稼轩可相仿佛。他的《示儿》诗云："死去元知万事空，但悲不见九州同。王师北定中原日，家祭无忘告乃翁。"忠愤爱国之怀抱，至死不变。

（二）反江西诗派　这时期的诗人，对于议论叫嚣的诗，忽生反感，倡言唐诗。但主倡言唐诗中，又有两种不同的现象。一种是唐诗派，永嘉四灵是其尤者。一种是批评派，当推严羽（沧浪）。

甲、唐诗派　唐诗派的永嘉四灵是：赵师秀，号灵秀；翁卷，字灵舒；徐玑，号灵渊；徐照，字灵晖。此四子皆好作五律。以中晚唐诗为规范，又学贾岛、姚合的苦吟。四灵与江西诗派中的杨诚斋是先后辈。四灵诗在南宋风行一时，又叫江湖诗派。因为他们是在野的隐士，有《江湖小集》。这派诗不发议论，白描素写情景。是小诗，不能成大篇。所以律诗可观，但没有什么个性表现。

乙、批评派　严羽是一个批评家。在《樵川二家诗》中，可看到他的诗，但他的诗，不如他的诗话好，可知批评家和诗人是不可同日而语的。《沧浪诗话》，以为中唐、宋诗不是诗，是议论和理语。他又以为议论理语不可以入诗的。他以为韩、孟二人的不同处是：韩学胜，孟诗工。因为诗不是以学力取胜，妙悟是诗的本质。欧、苏以下的议论诗，邵雍（康节）以下的理语诗，实在都不是诗。他主张诗当崇汉、魏、盛唐，下此不足观，这就是他妙悟的根本。江西诗派和江湖诗派，都是他反对的。明李崆峒何大复复古，清王渔洋的神韵，袁子才的性灵，都是根据沧浪的妙悟。严沧浪主张独树一帜，认为宋诗根本不能成立，况下乎此者。

（三）遗民诗　有宋自开国以来的文风，都在闹门户之见。到了宋代亡国，才有真性情的诗涌溢出来。文天祥以诗殉国。亡国后的谢翱（皋羽）、林景熙、汪元量等，歌哭山林，流离悲愤的真性情诗，是值得读的。

谢翱　字皋羽，闽长溪县人，有《晞发集》。当文文山起兵勤王，谢为参军。到了文文山殉难，公流落江海，往来湖上，这时期是公诗最多，也是公诗最精彩的。尚有《登西台恸哭记》一文。公诗除七律外，诸体皆备，七古如李长吉，五古如孟东野，五律如陆龟蒙，他是能分体学得诸家之长的。

林景熙　号霁山，浙江平阳人，有《白石樵唱集》。元僧杨琏真迦发宋陵，遗民为收葬枯骨，树以冬青为识。所以公诗有句云：

一抔自筑珠丘土,双匣犹传竺国经。

独有春风知此意,年年杜宇泣冬青。

汪元量　浙江杭州人,本琴师,在宫中教王昭仪。元人取宋六宫到北廷,汪亦被掳。文文山囚系时,常与往还。后请为黄冠道士,往来浙中,不知所终。诗词甚重于世。

郑思肖　字忆翁,号所南,闽连江人,示倾向于南,画兰不画土,作诗寄其亡国之恨。

在南宋诗中最佳者,当推遗民诗。就中谢、林二人,尤为特出。但谢诗阳刚,而林诗是阴柔的。末了,要讲一段理语诗。

(四)理语诗　理语诗的作家,都在《道学传》。如佛家的偈语,源出印度。在中国翻译的佛经中,散文写一段,另附一节七言句,吟作偈语。《金刚经》之偈语,《华严经》之十地品,所译的是无韵的整齐句。王梵志诗,向来找不到专集,但现在敦煌石室中有。胡适说,"此种诗在中国找不到",未免是少见了,皎然《诗式》不是一个很好的例子吗?清高士奇《消夏录》,有山谷所书王梵志五言长篇一首。又明盛时泰(仲交)《栖霞小志》说栖霞也有王诗,可惜现在不存。这种诗是所谓道情诗。如:

我昔未生时,冥冥无所知。

天公强生我,生我复何为。

无衣使我寒，无食使我饥。

还你天公我，还我未生时。

当唐贞元中，苏州寒山寺有两个和尚，寒山和拾得。寒山有三日解，拾得亦有数十首诗。既无题目，也未有指意，这就是佛语。如：

水清澄澄莹，彻底自然见。

心中无一事，万境不能转。

心若不妄起，永劫无改变。

若能如是知，是知无背面。

（《寒山诗》）

寒山有倮虫，身白而头黑。

手把两卷书，一道将一德（老子言）。

住不安釜灶，行不赍衣裓。

常持智能剑，拟破烦恼贼。

（《拾得诗》）

这种诗，当然有许多人批评他失格，他可自解云：

有个王秀才，笑我诗多失。

云不识蜂腰，仍不会鹤膝。

平侧不解压，凡言取次出。

我笑你作诗，如盲徒咏日。

此实在是中唐昌黎的格。这二人的诗，都是如此，现在不细说它。

宋代的理语诗，作者多是道学中人，如周、程、张、蔡，其学问的源流是道家和佛家，尤近于佛家。有语录，有理语诗。语录通俗，常人懂得。此种理语诗，在北宋仁宗以后才多见，就中当推邵雍（康节）。

邵雍康节（《宋史》第二十四卷）先生晚居洛阳，时司马光与二程皆尊崇之，自题其居曰"安乐窝"。乡里爱好之，作行窝以迎邵子。著有《伊川击壤集》。其《咏安乐窝》有二句话："安乐窝中一部书，号云《皇极》意何如（《皇极经世河洛书》，是解说《易经》的，邵得自李之才，相传是由陈抟传给种放而穆修以至李之才）。春秋礼乐能遗则，父子君臣可废乎？"他自己《安乐窝中吟》：

安乐窝中甚不贫，中间有榻可容身。

儒风一变至于道，和气四时长若春。

日月作明明主日，人言成信信由人。

惟人与日不相远，过此何尝更语真。

此外张载（横渠）、二程之诗同邵诗也差不多。而朱熹（晦庵）可就不然，朱晦庵的治学，是把各科分别开来。他的诗词却无理语气。而他的门人又不是这样了。陈淳的《北溪大全集》、魏了翁的《鹤山仙人大全集》，二人倒有理语气。近人陈散原先生以为此派诗是要隔绝风雅的。

宋　词

北宋、南宋两时代的词风不同，划然分明。大要说来：北宋词大，南宋词深（朱竹垞语）。此说可信的。词虽兴起于唐、五代，然到北宋始发扬光大。慢词在北宋时特盛。词之于宋，犹诗之于唐。词在北宋如走康庄大道，南宋词以辞胜，如入苑囿楼台。北宋词是入乐可歌，如柳永（屯田）是。南宋词脱离了乐的束缚，有词社的组织，是文人以此相高聚。北宋词明白，南宋词曲晦，北宋词可分作三时期：

（一）宋初　第一期

（二）仁宗　第二期

(三）徽宗　第三期

第一期宋初　一般说来开国的文学，是仍袭前代风气的。宋初的词人，还是沿袭晚唐、五代的余风，多短调令词。若晏氏父子，欧公亦然。晏氏，临川人，欧公庐陵产，都是江西籍，他们的诗是浩大，而词皆委婉，不过江西诗派成立，远在江西词派之后。

晏氏父子词，有《珠玉小山集》，欧公有《六一词集》，都是学南唐的，风格颇似冯延巳。晏氏父子词，丰艳而华贵。晏公《浣溪沙》有句云："无可奈何花落去，似曾相识燕归来。"公于此对，上句得之久而不能得对。偶言之，王琪应声而对。公将此对又用于七律诗中，但不见如用于词的恰当。欧阳公道德文章独冠一时，而词则深于情者，竟被一般人讥议。

第二期仁宗时　此期词是一转变关键。慢词的兴盛就在此期。所谓慢者，慢声而歌也。唐杜牧之有《八六子》是一首长篇的。咸通中钟辐《卜算子慢》，有八九十字，恐是北宋人假托的。北宋的慢词名家，当推柳三变。（按宋代词人生活，在正史上找材料难乎其难，元人修《宋史》，词人无传，只好去说部中寻，如《词苑丛谈》《词林记事》，厉鹗的《宋诗纪事》，以至陆心源的《宋史翼》，在这中去找寻。）

柳永　字耆卿，闽之崇安人。创有大量慢词。终身流荡勾栏中，所以他词多是写青楼红粉生涯，当时竟把这种浪漫不羁的词传入禁中。他的《鹤冲天》有句云："忍把浮名，换了浅斟低唱。"就是词人晏殊也菲薄他。初名三变，后改为永，官屯田员外郎，有《乐章集》三卷。他词的风调，最有本色，宋词人天才之大无过于柳永者，不拘取材，无论什么情景，他都能运用成一首好词，如同司马迁的《史记·货殖列传》，就是能拉杂地写。或竟以此为俗而病柳词，此正不知其大处的。他又兼能纤艳悲壮。（《词综》选本不取其俗者，《彊村丛书》本校刊颇精。）柳永能把天才发挥尽致，每一词情景交错，变幻莫测，此三变之所以能成三变也。

张先　字子野，在当时可与耆卿相颉颃。及柳氏逝世，张才擅名一时，以二人之才论，张自不如柳；且张又不能用俚语入词。在慢词坛上，耆卿是正脚色，张是个副末吧。

贺铸　字方回，源出于柳。他本来是一个诗人，称为镜湖遗老。他的《青玉案》一首，很有句可诵。自方回而后，宋代词人皆爱家住吴城，《青玉案》就是他在吴门横塘边作的。当时人称张先为"张三中"：眼中泪，心中事，意中人。张先自己以为不如他的"三影"佳，是"云破月来花弄影""娇柔懒起，帘押残花影""柳径无人，堕絮飞无影"。宋子京词有"红杏枝头春意闹"，这"闹"字可与三影称佳。方回词辞采辉艳而貌不扬，人诮他是贺鬼头。《青玉案》词有"梅子黄时雨"句，又称为"贺梅子"。

秦观　字少游，有《淮海词》，高邮人。时人称为"山抹微云君"

（此句是《满庭芳》的起首）。他出于苏门而词学柳三变，有"销魂当此际"句，为东坡诮讥。其《踏莎行》一首，情意凄婉，是谪居藤州时作的，后终死于此地。又有"醉卧古藤阴下，了不知南北"（《好事近》），亦可知其必死于藤州了！

在宋代的慢词，又可分为二期。以上述的是前期，前期以柳永为主，张、贺、秦属之。后期的慢词，又变一气派，当以东坡为主角。

苏轼　东坡才气纵横，词亦工，有《东坡乐府》三卷，慢词、小令，各体俱备。（《东坡乐府》有近代编年本，取毛、王二家原稿。）有名的"明月几时有"和"大江东去"，可见他的豪放。又《水龙吟》和章质夫杨花词，依原韵而不见其和韵痕迹，是亦才之高者。《念奴娇》是谪居黄州时作的。（按：《赤壁赋》东坡所指者误，三国赤壁在湖北、湖南交界处，武昌上之嘉鱼。此赤壁为郦道元《水经注》之赤鼻山，不过文人讽喻之旨不可与考据同日语，况有"人道是"三字为之着眼。）更可看到他的韵格不凡。苏尝以此词质人与柳七何如，说者以为："柳郎中词，只好十七八女孩儿，执红牙板，歌'杨柳岸晓风残月'；学士词，须关西大汉，执铁板，唱'大江东去'。"虽是一时谐语，但北宋二大词人之不同处此当为确论。然以此首代表苏词全部，恐不的确。试看苏词全部就知道了。如言东坡词豪壮，毋宁说他格高。盖当日利用俚语的柳三变，词流传到西夏，有井水处，皆能唱柳词。就是东坡门下的少游，也学柳词。

坡公却处要求异于柳，尽去其脂粉气。东坡是士大夫词，柳耆卿是脂粉词，可以说苏词是男性的，柳词是女性的。北宋文盛行，而士大夫之词皆与文分格，苏却把词与文汇合。苏词至有文似偈语的，如《浣溪沙》云："山下兰芽短浸溪，松间沙路净无泥，萧萧暮雨子规啼。谁道人生无再少，门前流水尚能西，休将白发唱黄鸡。"以至《醉翁操》的琴曲，可以说不是词。后来辛稼轩都学他。于此，盖亦可见宋代词的大变。

第三期徽宗时　此期词又变一种风格，周邦彦《清真词》可为代表。

周邦彦　《宋史》词人有传，只有此君一人。《清真词》以郑校朱刻注本为佳。周于词坛上可称"词圣"，犹杜少陵于诗坛上之地位。向之论词者，多是略于声律。苏于词尤多不协律，而周却兼能之。细读周词，自与苏无关，大概是近于柳，尤以好作俚语入词，几与《乐章集》不可分，惟周词文采过于柳词。可以说，柳是词家之质，而周则词家之文。他二人的生涯也差近，如《拜星月慢》有"似觉琼枝玉树相倚，暖日明霞光烂"句，写一个丰艳秀出的美人，形容得淋漓尽致。又"败壁秋虫叹"句，"叹"字叶得非常妙，这是欧阳修《秋声赋》"如助予之叹息"的意境。《过秦楼》"一架舞红都变"句，后来姜白石常仿此。白石学柳、周，所与周不同者，文过也。邦彦非但词佳，诗赋亦工，《汴都赋》直上窥汉赋。散文也好，又能兼书画。

从上述诸名家，可知北宋词不同的风气，显明的可分三时期。慢词盛于柳永，声调和谐合乐，辞藻明朗。东坡却是极不注意声调的。到清真，却兼而能之。

南宋词和北宋词是有因果关系的。北宋词以"辞胜"，南宋词也以"辞胜"；但所不同者，南宋词艳丽，而本色已看不到。北宋之词俗，南宋词雅。北宋词，是文人与乐工共有的词，而南宋词虽若姜白石、吴文英、张炎三家之精工音理，但他们的词，终是文人之词。北宋的词大，南宋的词深。两宋的词，都可以都城为中心。北宋都汴京，南宋都临安，南宋自高宗至孝宗二代，若北宋之仁宗朝，是南宋词光艳万丈时期。南宋词的不同，可以辛、姜二家做代表，而二人又是同时的人，姜是宗柳词。南宋词可分作三时期的。

（一）南宋初期

甲、辛稼轩（弃疾）　世之论词以苏、辛并称，此理论当否，姑置不论。似他二人的词，前后不断都有的。南宋初年，先于辛者有张孝祥，有《于湖集》，有《念奴娇》，过洞庭作的。因为他得罪秦桧被贬，《念奴娇》是写月下的：

> 洞庭青草，近中秋，更无一点风色。玉鉴琼田三万顷，着我扁舟一叶。素月分辉，明河共影，表里俱澄彻。悠然心会，妙处难与君说。　　应念岭表经年，孤光自照，肝服皆冰雪。

短发萧骚襟袖冷,稳泛沧溟空阔。尽吸西江,细斟北斗,万象为宾客。扣舷独啸,不知今夕何夕。

其佳处是能化豪放为清雄,直继东坡。又若岳飞,以武人而能兼词,不加修饰,直写胸臆。回过头来就本期的代表作家辛稼轩而论。(辛词王刻本佳,又外集有朱刻本,此二种是辛词全部。)稼轩,山东历城人,与党怀英少学古文,党事金,辛以武功显于南宋孝宗朝,其对当时政治的愤慨,尽见于词;可与诗人陆游并驾。二公皆有恢复中原之志。

上言世之以苏、辛并论,可以说是相当合理,但不是绝对的公论。苏为纯粹的士大夫词,而稼轩则是英雄之词,变化无方,阔大处尽其阔大之材,精细处尽其精细之妙,其《永遇乐·京口北固亭怀古》,悲壮阔大,如"气吞万里如虎"句,而用了"虎"字叶韵,在词中恐只有稼轩之才能够吧。后来白石有"大旗尽绣熊虎",然和幼安比较,是活老虎和纸老虎之别。叶此"虎"字险韵,只有李易安的"黑"字够得上。至于《祝英台近》一首,又是另一种风格。送茂嘉十二弟的《贺新郎》一词,却是一篇词汇书,可是他用得有生气,不过总有人以此为病。但这是南宋的风气,词人以为能用事典为工。和稼轩同时而稍后的岳珂(字倦翁,岳武穆孙),亦负盛名,著有《桯史》。稼轩守南徐时,日以词酒相娱,一日稼轩以《贺新郎》

词示之，岳以用事太多病之，然辛不以为意。不过这不是稼轩词病，是当时共同的风气，如姜、吴、周、王、张辈，都是如此的。其道理，是因为每一种文体发展到用事为长者，即此文体的末期，如五言诗到齐梁，律绝至晚唐，都以用事为长；但用事中有明白，有晦涩，稼轩词用事显然可得，是明白的用事。

稼轩散文化的词，看《水调歌头》二首可以知道，这是和东坡同调的。又有《沁园春》一首，更是奇特：

> 杯，汝来前。老子今朝，检点形骸。甚长年抱渴，咽如焦釜；于今喜睡，气似奔雷。汝说"刘伶，古今达者，醉后何妨死便埋"。浑如此，叹汝于知己，真少恩哉。　更凭歌舞为媒，算合作人间鸩毒猜。况怨无小大，生于所爱；物无美恶，过则为灾。与汝成言，勿留亟退，吾力犹能肆汝杯。杯再拜道："麾之即去，招则须来。"

此词真是西汉文章，哪里是一首词。这又可看出宋代散文的发展。与稼轩同时之刘过（改之）客于辛门，及陈亮（同甫），二人词亦慷慨激昂，有志士也。

乙、姜夔（白石）　白石词负盛名，一样的在《宋史》没有传。姜是鄱阳望族，长居湖北，后往来合肥、苏、杭、扬各地，晚年卜居湖州。他的词可比之清真。清真实出于柳，而至于姜词，虽出自二人，但丽秀独有韵标。因为姜词是士大夫的词，不是柳、周勾栏狎客的词。词家除东坡外，词的抒情莫不以美人为对象，但自柳、周以后诸词客，虽都取象于美人，而美人的身份一时代高似一时代。周、柳以词来描美人，而姜则以词比于美人的清妙。同是取象于美人作词，可是运用却判然不同，如《暗香》《疏影》（毛、王、朱皆有刻本，单刻本以朱本佳）都咏梅，《疏影》一篇尤佳。南宋词咏物之作特多，此时词社多咏物，亡国后特盛，如龙涎香、蝉、白莲等题目（《乐府补题记》）。因为咏物系托讽喻之词以见志。此系南宋词风之特别情形，而用事之甚亦缘于此。

宋人之词多可唱，但如何唱法不可得而知。今传有《白石歌集》六卷：一卷有吹琴曲，于琴曲注有谱；二卷为越调九歌，注律吕；三卷为小令；四卷慢词；五卷多自度词，如《暗香》《疏影》等；六卷自制曲；另外一卷别集。各卷都有宋时的工尺，但今少人传。道光中，张文虎（啸山），与曾国藩同居江南，督官书局。张精音律，有《舒艺室随笔》，论到宋人的工尺，宋人之谱有今之可唱者。若于现代，只可知，而不能唱，因为没有点拍。郑大鹤山人以为宋词虽可唱，恐未能委婉动听。一字一工尺，那么唱起来，一定简而急。

姜氏的《齐天乐》，咏蟋蟀，是不从物之本身，而就聆蟋蟀之清音方面写，是南宋人写情与北宋人不同的。北宋人写感觉，而南宋人却写意境。

史达祖　字邦卿，汴人，有《梅溪词》。与姜同时。当韩侂胄当国，史为堂吏，韩颇重之。及韩败，封韩首北献，史被黥面流放。初韩侂胄做南园，陆放翁为之记，后人多以此讥翁。虽然韩固非能臣，而议征金，固南宋百余年中鲜有及此者，视苟安尸位又不可同日语。邦卿工词，辞采纤艳，壮年虽依韩，然非权要，晚年又遭配军，身世亦悲凉。千载后读其词，不知其遭遇竟如此也。从"做冷欺花，将烟困柳"句（《绮罗香》），可见其纤巧。又如《双双燕》亦然。南宋咏物而不用事者，此君一人已耳。

（二）南宋中期

吴文英　字君特，号梦窗，有《甲乙丙丁稿》（汲古阁刻本），此外又有朱祖谋刻《彊村丛书》本尤佳。（朱颇精吴词，有《梦窗小笺》。）梦窗生四明，终于吴中。宋词人居吴门者，前有贺方回，后有吴文英，为姜后辈，多少受姜影响。但吴词尤密于姜，其用事致令人莫能知，此词体已进化到末尾矣。张玉田论梦窗词，"如七宝楼台，眩人眼目，碎拆下来，不成片段"。虽然，此不足为吴词病，艺术文学固无实用也。世论吴词都认为他是以密胜，实际上我们从梦窗的词来看，他虽好密，而长处却在疏。我们从梦窗词论到文章的疏密。梦窗词的密是他独擅的，可是佳处并不在此。如唐之温、韦二家，温好密，而长处在疏。韦好疏，而长处在密。观二人的《菩萨蛮》可知。吴之《风入松》一阕,非常率直疏放,其佳处不言而喻。短调如《点绛唇·有怀苏州》,也是疏的。又《踏莎行》似周清真,意境亦甚佳。

(三)宋词之结束时期

继吴文英而起者,有三家:周密,字公谨,号草窗,老于杭。除《草窗词》(二卷)外,尚有说部著作,如《齐东野语》《癸辛杂识》《武林旧事》(纪南宋生活)、《浩然斋雅谈》等。宋代词人生活难考,但在小文集中偶有一二断片记载。周为吴文英后辈。然他的《蘋州渔笛谱》中有与梦窗唱和之作。又有选集《绝妙好词》。《草窗词》二卷,有广陵江昱(宾谷)的考证。《草窗词》多咏物用事,究不能摆脱南宋词风影响。《齐天乐》咏蝉,实寄亡国遗恨。

王沂孙　字圣与,号中仙,又号碧山,著《花外集》。有知不足斋刻本,又题为《碧山乐府》。《白雨斋词话》甚称赏他。遭亡国之恨,故其词是举类迩而见义远。与谢皋羽同具热怀,但诗人高号痛哭,而词人则轻哼凄咽耳。

张炎　字叔夏,号玉田,又号乐笑翁,有《玉田词》和《词源》。在词人中此老最享高年,故对于宋代词人多所批评。主张清空,反对梦窗的质实。影响所及,清初浙派词人朱彝尊等特别推崇姜白石和他。

宋小说

今之论小说者，辄谓唐小说文言，宋小说白话，实不尽然。唐代小说也有白话写的，如敦煌石室中的手写本，叙唐太宗入冥见崔判官事，在日本《艺文杂志》刊载（第七年第一号）。狩野氏言：此唐人白话小说也。宋人如徐铉（北宋）、洪迈（南宋）都以文言文写小说，其体裁如唐小说。唐人小说用通俗文写的，我们现在就敦煌石室遗简来加以观察。在唐太宗入冥事中，夹叙一段秋胡戏妻事。秋胡是什么时代的人呀，他却拉入唐代，并且写秋胡，往京入试，带一部《文选》，《文选》是六朝的书，而秋胡是春秋时鲁人。可知是没有什么学识人所作的，此种小说大概在唐末作的，因为中国那时尚和西域交通，后来西夏割据，时人把它藏在石室中。北宋以后的事迹，中间找不到。何以证明他是唐人写的，因为唐人必读《文选》，虽闾巷下民，亦人手一卷，所以断言为唐人小说。以此，可知唐人小说固不是纯文言文的。

从小说的量上言，唐小说多短篇，宋小说则渐有长篇的。大概文言小说多出自士大夫笔墨，宋代的白话小说多是平民所作。

宋代风俗，民间娱乐场有一种说话人，即今江南流行之说书的，多住在茶楼酒肆。这些说话人约在仁宗太平之世兴起的，明人的郎瑛《七修类稿》末廿二卷小说条下云："仁宗日进一奇怪之事。"宋人说书，非但平民爱好，就内廷也有了。《东坡志林》云："小儿薄劣，……听说古话。"所谓古话，是宋代说话人的取材，多取之于历史上的材料，尤以三国曹刘事最为风行，这是汴、洛的风俗。譬如现在人骂人奸恶，定指曹操做代表，这就是起于宋代的说话人。当宋初《穆修文集》中，有一篇《新修魏武帝帐殿记》，兖州（曹氏之故里）有魏武庙。那么魏武未必是天下之大奸恶，他的地位在北宋以前，大夫既为作记，市井又为立庙。可是到了宋代说话人一说三国演义，千古英雄曹孟德，一变奸恶而不可收拾了！于此可见平民文学，深入民心，是不可忽过的。

在宋代小说中，我们又可得知宋人生话的情形。有二种书可看，一是《东京梦华录》，北宋孟元老著；《梦梁录》，南宋人吴自牧追念北宋生活而写的。《武林旧事》，周密作。《都城记胜》，灌园耐得翁作。这笔记中写宋人的生活，研究宋代小说的材料就在此中。

（一）《东京梦华录》　相传是孟元老所作。孟，绍兴人。这书的文章，多用当时口语实写，所以现在多不能通篇卒读。近鲁迅作《小说史略》，所引文多是一长节做一句，实在是此书没有方法断句。在本书中所载的卖艺人有：技艺，杂剧，杖头傀儡，悬线傀儡，药发傀儡，上索杂手技，球技，弄皮影戏，弄乔影戏，甚至弄虫蚁。又有商谜，说诨话，杂班说三分等。底下所记卖技人名，也是怪声之口角奇名，当然是民间所有的，还有妇女也充作脚色的，如张小娘子、宋小娘子、陈小娘子等。

（二）《梦粱录》 南宋人所写北宋人的生活，就最足注意的小说方面论。

甲、小说 今之《三国演义》，是白话小说，而宋人并不称为小说，名之为说三分。宋人所谓小说，范围见于灌园耐得翁《都城纪胜》。小说谓之银字儿，如烟粉灵怪、传奇、说公案，皆是朴刀、赶棒及发迹变泰之事。说铁骑儿谓士马金鼓之事。

乙、谈经 就是和尚的佛经，似说法的来谈。

丙、说参请 宋代佛教最盛行的是禅宗，就民间也流行虚无寂寞礼佛，可见宋人对于宇宙观的空虚，已是普遍地流行社会上。

丁、说诨话 宋人好作妙悟领会，如说三教圣人，说释迦女人也，老子女人也，孔子女人也，举了一个例子来，故意曲解之，引人发笑。

戊、讲经史 宋代士大夫，在御前供奉，日讲经史，以闻于天子。后来民间也流行讲经史，说史多刻薄小人。《都城记胜》对校之曰："小说者顷刻之间，理会提破合生与超令。"

己、合生 举一语，即时编成一故事来说。

庚、商谜　即今之猜谜语。

就上等书所说，对于宋代小说情形，可得以归纳下面几点结论：

（一）说话人多取材古代书籍。

（二）小说不过是说话中的一部分。

（三）通搜上下古今事实，君卿下及闾里细民都好此道的。

（四）通俗小说，是民间文人编的。如《清平山堂话本》，所取的材料，是宋代说话人构的。

宋代说话人虽多，而流传今日的诗话，只有四种，如《宣和遗事》《大唐三藏取经诗话》（古本有瓦子家）、《五代史平话》（曹元志家藏本，中缺梁、汉）、《刘知远别妻事》（可参看《白猿传》）。

谈到三藏取经故事，今本《西游记》，是明吴承恩撰。按玄奘法师西上求经史实见于《新唐书》之《方技传》所记法相宗慈恩法师事，和《大唐西域记》。唐代和外域交通兴盛，而唐初禁止国人出国。玄奘求经是私出的。《大唐西域记》写三僧（藏）西行，备历险阻艰难，是实事。至其中神怪，那是宋代说话人所加进去的。所谓诗话者，记了一段话，加上了一首诗。后来元人有《西游记杂剧》（题吴昌龄撰），或以此书是明人作，实不然，原有瓦子家印本可证。

后记

先师胡小石先生先后在北京女子师范大学、武昌高等师范学校、南京中央大学、金陵大学等校,主讲中国文学史,极受诸生爱戴。一九二八年春,以同门苏拯兄笔记,题名《中国文学史讲稿上编》,凡十一章,付上海人文出版社排印发行,书既出,为学术界所重视,公认其篇幅不长而颇具卓识。根据清焦循《易余籥录》"一代有一代所胜"之说,主张文学随时代而发展,历叙《诗经》、楚辞、汉赋、汉魏晋南北朝古体诗、唐律体诗、唐五代词诸体之源流正变,条理清晰,重点突出,阐明各种旧说,不少创见,方便后学甚大。其定史观,则取达尔文《进化论》;其定文学范畴,则以我国固有之"言志"说、"缘情"说结合外来之"纯文学"理论。以治学方法论,师严格区别治史、学文为两途,谓治文学史属于科学范围,必须实事求是,无征不信,通过具体深入分析、归纳而得结论,不得以个人爱憎为去取,亦不得"大胆假设,小心求证",以炫世骇俗。盖师在清末,肄业两江师范农博科,专攻生物学;民国初年在上海,从史学家沈曾植先生受业三年,是以能融合清儒考据与西方科学方法于一炉焉。《讲稿》虽属草创,实为后进开一途径,新中国成立前继出之文学史,若冯沅君、陆侃如合编之《中国诗史》、刘大杰之《中国文学发展史》,其体例实受先师启发,明眼人加以对比,自能辨之,二君固皆铸同门先进也。忆一九四二年,师在国立女子师范学院,讲中国文学史竟，铸因进言座前曰："何不将《上编》以后讲稿付印，俾成全书？"师曰："元人杂剧，宋元南戏，明清传奇、小说，与各种俗文学，目前均有专家研究，成绩斐然，余实无多发明，口述做介绍则可，汇录成书则不可。"先师毕生治学，文必己出，如无真知灼见，从不剿袭雷同，笔诸简端。其律己严谨也若此。一九六二年初，师归道山，南京大学成立遗著整理委员会，其中一项为重印《文学史讲稿》，作为新中国成立前重要资料，供海内治文学史者参考。今之《上编》系用一九二八年排印本，保存原貌。此外，另由同门金启华兄整理四十年代诸生零星笔记，增补"宋代文学"一章，前后共十二章。其元、明、清部分，虽亦有零星笔记存在，遵师遗教，不再整理增补。

一九八四年春，门人吴征铸识。

附录

南京大学教授胡先生墓志

曾昭燏 ①

先生讳光炜，字小石，号倩尹，又号子夏，夏庐，晚号沙公，浙江嘉兴人也。自父季石公迁于金陵，遂家焉。先生幼孤，家贫，从师读，母以络经给膏火资。年十九，入南京两江师范学校，始为临川李梅庵先生弟子，然所习专业为生物学。毕业于两江师范后，至长沙明德中学任教。阅一年，乃之上海，就馆于梅庵先生家，兼从梅庵先生学，并执贽于乡先辈沈子培先生之门，同时问诗于义宁陈散原先生。其后任教于北京女子高等师范学校，武昌高等师范学校、西北大学，东南大学、金陵大学、云南大学、白沙女子师范学院、中央大学。南京解放后，任南京大学文学院院长兼教授，兼任江苏省人民代表大会代表，江苏省人民委员会委员，中国人民政治协商会议南京市委员会副主席，江苏省文物管理委员会主任委员，江苏省文学艺术界联合会委员，江苏省书法印章研究会主席，南京

---

① 作者原为南京博物院院长（已故）。

大学图书馆馆长，南京博物院顾问。计主讲席者，前后五十有三年，及门弟子不下数万，经先生培育在学术上能卓然自立者实繁有徒。先生学极渊博，于古文字、声韵、训诂、群经、史籍、诸子百家、佛典、道藏、金石、书画之学，以至辞赋、诗歌、词曲、小说，无所不通。其生平所最致力者，一曰古文字之学。将甲骨、吉金、许书文字，融会贯通，旁引经义以及后代碑刻、竹木简书，用以探求古文字形、音、义嬗进变迁之迹，更以文例董理甲骨、金文，独辟蹊径，至为精粹。所著甲骨文例、金文释例、说文古文考、说文部首疏证、夏庐金石文题跋、齐楚古金表、古文变迁论、声统表、读契札记等书，为当代学者所推崇。二曰书学。先生从梅庵先生有年，书法自梅庵先生出而发扬变化之，兼契、篆、简牍、碑、帖之妙，得其神髓，故能独步一时。尝讲授中国书学史，于文字之初起，古文、大篆、籀书之分，篆、隶、八分之别，下至汉魏碑刻以及二王以降迄于近代之书家，其干源枝派，风格造诣，咸为剖析，探其幽奥，历来论书法，未有如此详备而湛深者也。近方以其讲稿著录成书，未毕而疾作。三曰楚辞之学。先生合史学、经学、文学三者以讲楚辞。其阐明屈子之心迹，则具史家之卓见；注释当时之名物，则用清代经师考据之法；遇文辞绝胜处，则往复咏叹沉思，发其微妙。故其独到之处，并世莫之与京。著有离骚文例，远游疏证，楚辞辨名、楚辞郭注义徵、屈原与古神话等文，近著楚辞札记，尚未定稿。四曰中国文学史之研究。先生讲中国文学史，不囿于正统成见，尝谓一代有一代之所胜，一代有一代之风格。于周代则取诗三百篇与金文中之韵文，于战国则取离骚，于两汉则取乐府、辞赋，于魏晋南北朝则取五言诗，于唐取其诗，于宋取其词，于元取其曲，于明清取其南曲、小说与弹词。著中国文学史一书，考镜源流，阐述发展，影响至巨。先生为文，以龙门为宗。于诗，潜心陶谢与工部特深，又酷好谢皋羽，所作绝句，直追中晚唐。偶作小令，有宋人风致。复精赏鉴，于前人书画，过眼辄别真伪。先生笃于风义，每年逢梅庵先生忌日，必素食。在北京女子高等师范时，与李大钊先生厚，大钊先生之死，先生哀之甚至，其后辄形诸梦寐。解放前，先生虽历执教于高等学校，不与政事，而睹外患之日深，生民之涂炭，常有愤世嫉俗之语，为国民党反动派所忌，名在黑籍中，几陷不测。淮海战役起后，蒋贼自知覆亡在即，冀逃之海岛延岁月之命，强南京高等学校南迁，先生挺身出，与梁希先生同率学生护校以与蒋贼抗，伪教育部欲以中央大学校长之名啖先生，先生于全校师生大会中严词拒之。四月一日，先生偕诸生请愿于伪总统府，伪军梃刃交下，诸生死者二人，先生亦几死于凶残者之手。南京解放，日月重光，中国共产党及政府重先生之学，更敬先生之为人，在政治、文教各方面畀以重任。先生亲见人民之出水火而登衽席也，数十年积郁忧愤，为之一扫，亦感于党与政府知己之深，誓以其毕生之力，献诸人民。近年来，虽患肝疾，时感委顿，而讲学著书，用力甚勤，方将馨其所学，以贻来者，有志未竟，倏尔长逝，伤哉！弥留前，曾有遗言，以藏书赠南京大学图书馆，以所藏文物赠南京博物院。盖先生于国家文教事业，爱之深切，虽病中亦未尝须臾忘也。先生生于公元一八八八年阴历七月初九日，卒于一九六二年阴历二月十一日，享年七十五岁。配杨夫人，与先生伉俪甚笃，家庭雍睦，五十余年如一日。子三人：长子令德、娶陈慧瑛；次子白桦，出继舅家杨氏，娶黄果西；三子令闻，娶王月玲。女四人：令晖，适谭龙云；令鉴，适勾福长；令宝，适杨君劲；令馨，适初毓华。孙一人：大石。女孙一人：石瑛。三月有四日，令德等奉先生遗体葬于南京中华门外雨花台望江矶公墓。近云师说法之地，傍烈士归骨之丘，当岁时伏腊，风雨晦明，与英魂毅魄，陟此高冈，同睹祖国河山之永固，宏图之日新，亦可以无憾矣。昭燏受业于先生之门，适今三十有一年，其间获侍砚席，质疑问难者亦十余载，自愧菲材，未能承先生之学于百一。今者星坏山颓，曷胜摧慕，想音容以仿佛，抚履杖而如存。爰志数言，勒此贞石。庶几千秋万岁，发潜德之幽光；秋菊春兰，寄哀思于泉壤。

刻者苏州钱荣初

（一九八五年八月二十七、二十八日录于家中）